Les chars meurent aussi

DE LA MÊME AUTEURE

La petite et le vieux, Montréal, XYZ éditeur, 2010 ; Montréal, Bibliothèque québécoise, 2012.

- Lauréat de la 11ᵉ édition du Grand Prix littéraire de la relève Archambault 2011
- Finaliste au prix France-Québec 2011
- Finaliste au Prix des cinq continents de la Francophonie 2011

Le syndrome de la vis, Montréal, Éditions XYZ, 2012 ; Montréal, Bibliothèque québécoise, 2017.

Autopsie d'une femme plate, Montréal, Éditions XYZ, 2017.

Marie-Renée Lavoie

Les chars meurent aussi

roman

XYZ éditeur

Catalogage avant publication de Bibliothèque et Archives nationales du Québec et Bibliothèque et Archives Canada

Lavoie, Marie-Renée, 1974-, auteur

Les chars meurent aussi / Marie-Renée Lavoie.

Publié en formats imprimé(s) et électronique(s).

ISBN 978-2-89772-139-8
ISBN 978-2-89772-140-4 (PDF)
ISBN 978-2-89772-141-1 (EPUB)

I. Titre.

PS8623.A851C52 2018 C843'.6 C2018-941528-2
PS9623.A851C52 2018 C2018-941529-0

Les Éditions XYZ bénéficient du soutien financier du gouvernement du Québec par l'entremise du programme de crédit d'impôt pour l'édition de livres et de la Société de développement des entreprises culturelles du Québec (SODEC). L'éditeur remercie également le Conseil des arts du Canada de l'aide accordée à son programme de publication.

Financé par le gouvernement du Canada | Canada

L'auteure remercie le Conseil des arts et des lettres du Québec pour son soutien.

Édition : Josée Bonneville et Myriam Caron Belzile
Révision : Isabelle Pauzé
Correction : Nicole Blanchette
Conception typographique et montage : Édiscript enr.
Graphisme de la couverture : René St-Amand
Photographie de la couverture : Mark Owen, Trevilion Images
Photographie de l'auteure : François Couture

ISBN version imprimée : 978-2-89772-139-8
ISBN version numérique (PDF) : 978-2-89772-140-4
ISBN version numérique (ePub) : 978-2-89772-141-1

Dépôt légal : 4e trimestre 2018
Bibliothèque et Archives nationales du Québec
Bibliothèque et Archives Canada

Diffusion/distribution au Canada :
Distribution HMH
1815, avenue De Lorimier
Montréal (Québec) H2K 3W6
www.distributionhmh.com

Diffusion/distribution en Europe :
Librairie du Québec/DNM
30, rue Gay-Lussac
75005 Paris, FRANCE
www.librairieduquebec.fr

Imprimé au Canada
www.editionsxyz.com

1

« Mon père est mort. »

Impossible, je l'avais vu l'avant-veille. Pour advenir aussi brusquement, la mort exige de la tôle froissée, des bataillons de métastases galopants, des balles perdues, de longues histoires compliquées, pas quelques mots étouffés lancés dans un cadre de porte par un beau matin d'été.

« Ça se peut pas…

— Y a fait une crise cardiaque dans 'chaloupe. »

Les déraillements de la patate arrivent souvent sans s'annoncer, c'était donc possible. Dans la vie comme dans les livres, ce sont de belles morts d'ailleurs, foudroyantes et propres.

Les autorités avaient déjà rapatrié le corps du père de Sonia, saucissonné dans un sac de morgue avant même d'avoir goûté à la beauté sauvage *made in* Anticosti. Dix ans de privations multiples pour se payer une épopée de pêche avortée dans la coque oblongue d'une chaloupe. On ne se méfie jamais des trop-pleins de beauté.

Rabattue par la main d'une tante débarquée d'urgence pour gérer la crise, la porte a coupé court à mes envies d'en savoir plus. Seul un petit nuage de fumée de cigarette, phrase toxique en suspension, est parvenu à s'échapper à temps.

« Sognia va rester icitte aujourd'hui. »

J'ai suivi d'instinct l'enfilade de ruelles qui mènent au stationnement de l'hôpital, où je savais pouvoir trouver ma mère, toujours au poste dans son dé à coudre. Pendant que je marchais vers elle, l'idée de cette mort imprévue et implacable s'est mise à prendre des dimensions disproportionnées, comme ces minuscules dinosaures en mousse dont la taille explose une fois dans l'eau. J'ai accéléré le pas avant que ça ne me sorte de partout.

De loin, elle m'a souri comme si on ne s'était pas vues depuis des semaines, alors que nous avions déjeuné ensemble deux heures plus tôt. J'ai été, depuis ma naissance, l'objet d'un perpétuel émerveillement pour ma mère. Il me suffisait de respirer normalement pour qu'elle s'extasie devant mon fabuleux talent de vivre. Le plus indolent de mes sourires pouvait tout racheter, la requinquer durablement. Elle me pardonnait d'emblée tout ce que je n'étais pas et ne serais jamais ; dans le miroir déformant de son cœur, j'avais tout réussi sans avoir tenté quoi que ce soit.

Dans sa cabane, son petit univers de dix-sept pieds carrés où elle passait ses journées depuis presque autant d'années, un rayon de soleil entrait par l'œil-de-bœuf que mon père avait taillé dans le mur sud-est du poste de péage. Un hublot donnant sur une mer de cylindrées dont le chatoiement se perdait dans la crasse.

« Ah ! T'arrives juste à temps, ma belle, j'avais une de ces envies de pisser !

— OK, vas-y.

— T'as ben la fale à terre, ma cocotte, qu'est-ce qui se passe ?

— Va pisser avant.

— Qu'est-ce qui se passe ?

— Maman, va aux toilettes. »

Elle a fermé d'un coup la fenêtre coulissante du guichet pour nous couper de tout, des autos, des envies pressantes et des tentations de repousser le malheur. C'était la magie de la cabane : un petit cube de bois parfaitement insonorisé, suspendu hors du monde et du temps, exempt de lois.

« Enweille !

— C'est Sonia…

— Qu'est-ce qu'à l'a, Sonia ?

— Son père est mort. »

Elle est restée silencieuse le temps d'ouvrir très grand les yeux.

« Ben voyons donc ! Ben voyons donc ! Ça se peut pas ! Ben voyons… Y était pas parti à 'pêche ?

— Y a fait une crise cardiaque.

— Mon Dieu !

— Dans 'chaloupe.

— Ben voyons donc ! Qui t'a dit ça ?

— Sonia. »

Ses petits bras sont tombés comme des ballounes dégonflées. Des grosses larmes chaudes se sont mises à sillonner mes joues avant de se rejoindre sous mon menton et de faire tache d'huile sur le bout de mon soulier.

Elle m'a serrée contre elle pour prendre un peu de ma peine.

Je ne pleurais pas le père de Sonia, évidemment. Je ne le connaissais que du bout de la tête qui dépassait du fauteuil du salon. C'est l'image de mon amie désormais à moitié orpheline qui me désolait. Et l'idée que mon père était vieux, lui aussi, que les pièces de son cœur pouvaient à tout moment lâcher. La mort nous rend toujours un peu égoïste.

Dehors, les autos klaxonnaient à qui mieux mieux, retenues contre leur gré en file indienne par le bras de la barrière qui bloquait la sortie. Les gens n'aiment pas les hôpitaux et détestent les stationnements ; un stationnement d'hôpital est un lieu hautement honni.

« Va faire pipi, maman.

— OK, fais-moi payer cette gang de pressés-là, je vais faire ça vite. »

J'étais encore toute petite quand j'ai fait mes premières gardes à la guérite. Sans une relève pour assurer qu'on puisse entrer dans le stationnement et en sortir sans problème en tout temps, ma mère était prisonnière de son « trou ». Ça ne l'embêtait pas tant que ça, elle avait un pot de chambre dissimulé sous le comptoir pour se soulager. Mais dès que j'ai eu l'âge de m'aventurer seule de notre appartement à sa cabane, ses conditions de travail se sont nettement améliorées : elle me laissait tenir le fort pendant qu'elle utilisait les toilettes de l'hôpital. J'avais donc développé le réflexe de venir dès que je le pouvais, plusieurs fois par jour quand c'était possible, pour faire disparaître de mon esprit l'image de ma mère accroupie au-dessus d'un vase en porcelaine dans une boîte en bois à l'entrée d'un stationnement.

Si j'étais forcée, petite, de me faufiler par la fenêtre jusqu'aux hanches pour attraper les coupons, l'argent, et pour rendre la monnaie, je pouvais à présent profiter de mes bras d'adulte pour demeurer assise sur le haut tabouret rembourré et faire payer les clients. Cela relevait désormais pour moi plus de l'étirement que de l'effort. Ma mère, plus petite, s'esquintait le dos à chaque transaction.

Personne n'aurait pu se douter, de l'extérieur, que cet antre minuscule planté dans un champ de béton crevassé pouvait être le petit paradis que ma mère s'en était fait. La cabane n'avait plus rien à voir avec la série de planches mal rabotées assemblées par l'hôpital à l'origine. Dans la maisonnette bien isolée par les soins de mon père, deux petites chaufferettes se faisaient face pour maintenir à l'année une température agréable – tant qu'on n'ouvrait pas trop souvent la porte –, les murs étaient tapissés de paysages exotiques récoltés dans les revues du Club Med, des plantes araignées et des violettes africaines suspendues enjolivaient la place et purifiaient l'air et la vue. Ma mère aimait surtout ces dernières à cause du mot « Afrique », qui sonnait chaud. Un strapontin du métro de Montréal – longue histoire – vissé au mur opposé à la fenêtre permettait de recevoir de la visite. De la petite visite. Une belle grosse jarre de verre pleine de tout ce qu'un enfant peut souhaiter en fermant les yeux trônait à côté de la caisse, prête à offrir des moments de bonheur fugaces comme des caramels fondants.

L'Administration n'avait pas rechigné devant la dépense, constatant que les problèmes techniques vécus par les autres employés se résolvaient d'eux-mêmes quand ma mère se trouvait aux commandes de la guérite. Le seul ticket qu'elle avait cru perdre une fois avait été retrouvé, quelques jours plus tard, dans une auto abandonnée qu'on avait dû faire remorquer. On lui avait donc inventé une permanence de jour.

C'est à tort aussi qu'on pouvait croire que ma mère, enfermée à l'année dans son confortable réduit, n'allait jamais nulle part; elle lisait des romans, des tonnes de romans, assez de romans pour pouvoir affirmer, avec une précision chirurgicale, en ouvrant n'importe quel livre, le temps qu'elle mettrait à le lire: « Ça, c'est du 40 pages à l'heure, fait que ça va me prendre… 8 heures et trois quarts. Je vais l'avoir fini demain après-midi, si tu le veux. » Assez de romans pour prétendre sans gêne pouvoir discuter voyages avec n'importe qui, convaincue que ses expériences littéraires valaient bien celles des globe-trotteurs puisqu'elles se doublaient d'une connaissance profonde des joies et peines vécues en ces lieux. Non, elle n'avait pas vu, de ses yeux vu la cathédrale Notre-Dame de Paris, mais elle n'en connaissait pas moins les passions secrètes qui s'y tramaient et les âmes tristes qui rôdaient dans ses pans d'ombre. Que l'Italie ait été le berceau de la Renaissance était une chose; qu'on puisse tomber en amour au seul son d'un soulier frappant les pierres humides de Venise après la pluie en était une autre.

J'ai mis cinq minutes à libérer tout le monde et me suis payée d'une réglisse noire qui goûte le pastis – ou vice versa – en jetant un œil à ses derniers emprunts à la bibliothèque. Ma mère est revenue au pas de course.

« Bon, raconte-moi ça, cette histoire-là à dormir deboutte. J'en reviens juste pas. Qu'est-ce qui s'est passé pour qu'y pète au frette de même?

— Je sais pas, à m'a rien dit.

— Rien pantoute ?

— Ben non, y avait du monde chez elle, à pouvait pas sortir.

— C'te pauvre enfant, perdre son père à 18 ans, c'est pas drôle.

— Ouin, mais y était quand même vieux.

— Pas si vieux que ça, me semble.

— Le frère de Sonia a quand même 25 ans.

— Y devait être dans 'cinquantaine, comme moi !

— Plus que cinquantaine.

— T'exagères. »

La cinquantaine de ma mère était très élastique, elle empiétait même sur l'ourlet de la soixantaine. Elle tentait ainsi de gagner quelques années sur le malheur qui l'avait fait m'attendre jusqu'à 43 ans.

« Tu travaillais pas à la boulangerie, aujourd'hui ?

— Non, j'ai changé de shift avec Isabelle, j'étais supposée aller flâner au Vieux-Port avec Sonia.

— Tu peux peut-être y aller pareil ?

— Bof...

— Avec un bon livre pour te changer les idées.

— J'ai pas vraiment le goût.

— Je comprends. Mais prends celui-là quand même, je l'ai fini tantôt. Ça se passe à Santa Barbara en plus. C'est un 6 heures et demie. »

Si la jaquette de la couverture n'avait pas été aussi laide, j'aurais peut-être accepté. Des motifs psychédéliques s'accrochaient aux contours vaporeux d'une fille qui tendait la main vers une espèce de ruisseau scintillant, une évocation ratée de flux magique. Un truc beaucoup trop ésotérique pour moi. Pendant les quelques secondes de notre conversation, une petite file de stationneux s'était reformée derrière la barrière.

« Bon, je vais y aller, t'as plein de monde, c'est le rush du dîner.

— Tu parles d'une affaire, en tout cas ! J'en reviens pas encore.

— Veux-tu que j'aille te chercher quèque chose à manger ?

— T'es ben fine, mais je me suis fait une sandwiche. Je veux que tu souhaites mes sympathies à Sonia, en attendant qu'à vienne à 'maison, on va surveiller le journal pour l'exposition pis la cérémonie. »

Elle prenait les tickets, les poinçonnait, calculait la somme à réclamer et l'indiquait au client en levant le nombre de doigts correspondant au montant – zéro, un, deux, trois, quatre, cinq dollars, le maximum –, rangeait le billet et l'argent tout en continuant à discuter. On avait eu la bonne idée d'adapter l'échelle tarifaire au corps humain.

« L'exposition de quoi ?

— Du corps.

— Pourquoi ?

— Pour montrer le corps.

— Yark ! Pourquoi ?

— La famille a besoin de voir le corps, c'est pour aider à faire son deuil.

— C'est dégueulasse, y est mort !

— Ben non, le monde des pompes les arrange ben comme y faut, y aura même pas l'air mort.

— Y pompe quoi, le monde des pompes ?

— Le sang, je pense. Peut-être les tripes, aussi.

— OK, c'est vraiment dégueulasse…

— Y mettent d'autre chose à 'place, ça paraît pas. Pis la boîte reste fermée quand le corps est trop magané. Lui, avec une crise cardiaque, y devrait être correct. À moins qu'on ait mis ben du temps à le trouver. Dans 'nature de même, des fois…

— Y est mort dans 'chaloupe.

— Oui, mais les oiseaux peuvent y aller, dans 'chaloupe, ç'a l'air qu'y aiment ben picosser les yeux, eux autres…

— MAMAN !

— S'cuse-moi, je repensais à un film.

— Bon, j'y vais.

— OK, à tantôt. Ah, j'y pense ! Tu le diras à ton père, pour Sonia, y me semble qu'y venait justement d'y trouver un char.

— Pour Sonia ?

— Ben non, pour son père.

— Comment ça, un char ?

— Je sais pas, y voulait un char… Dis-y pour pas qu'y le retienne au garage pour rien. Mourir de même, j'en reviens pas… »

J'allais pouvoir trouver mon père à la maison puisqu'il aimait bien venir faire une petite sieste sur son heure de dîner. Il mangeait en vitesse quelques rôties qu'il ne se donnait pas la peine de griller – il ne disait jamais « tranches de pain », ça avait moins l'air d'un repas – et qu'il nappait seulement de beurre et de moutarde. Comme ma mère relevait souvent le fait qu'il s'agissait là plus d'un remède que d'un dîner, il avait fini par y croire et soutenait désormais à qui voulait l'entendre qu'il devait sa bonne santé à son approche préventive de l'alimentation.

Juste comme je prenais le coude de la ruelle, j'ai aperçu la petite Cindy, la petite poquée, nouvellement débarquée dans le quartier, juchée comme toujours sur une improbable paire de souliers à talons hauts empruntés à sa mère. Les cheveux en broussaille, vêtue d'une robe sale qui lui découvrait les épaules, elle plongeait sa main crasseuse dans un sac de chips au ketchup tout en creusant derrière elle, petit tracteur de misère, de stériles sillons poussiéreux. Entre deux allers-retours dans le sac, elle prenait grand soin d'essuyer sa main sur son chandail, recto verso, pour qu'elle soit bien propre pour les prochaines chips.

C'est pour lui mettre des bas que ma mère l'avait ramenée à la maison la première fois. En plein hiver, elle se promenait pieds nus dans des espadrilles délacées qui ne lui permettaient pas, même pas plus lourde qu'un sac d'oignons, de flotter sur l'épaisse couche de poudreuse tombée la veille. Ma mère l'avait appâtée avec une paire de réglisses rouges qui l'avaient à peine fait hésiter. Une proie facile. Tout en lui enfilant des bas, un foulard, des mitaines et une tuque, ma mère avait essayé de la faire parler. Mais c'était une enfant loup qui se contentait d'esquiver les questions et de répondre en grognant, comme si les mots lui griffaient la gorge en sortant. Cindy était restée figée devant le bol de fruits posé sur le comptoir jusqu'à ce que ma mère lui tende une pomme avec laquelle elle s'était sauvée en se traînant les pieds.

Les jours suivants, elle était revenue pointer son petit nez crotté « dans » la fenêtre de la cuisine. On la laissait entrer, regarder les fruits et choisir celui qui l'intéressait. Après quelques semaines, elle a même fini par s'asseoir pour le manger. On en a mis, du temps, à lui faire accepter le lavage des mains. Les pensées noires que je nourrissais pour ses parents tournaient à vide.

« On peut rien faire de plus, ma cocotte. La sortir de chez elle ? Pour faire quoi ? La DPJ en a plein les bras avec des cas ben pires que ça, tu veux même pas le savoir. La trimballer d'un foyer à l'autre, ça donnerait quoi ? Tu l'as vu comme moi, son père, y est pas méchant, mais y a pas inventé l'eau tiède… »

Son père travaillait comme pompiste au Sunoco du coin. La volonté de la chaîne d'imposer un standard esthétique de qualité par le truchement d'un uniforme se trouvait complètement déjouée par un homme d'une constitution aussi parfaitement disgracieuse. Les formes de son corps-quille défiaient toute idée de beauté, tous types de coutures. Le renflement de son bas-ventre laineux, comme le bas de son dos laiteux, demeuraient exposés en toutes saisons, peu importe le vêtement porté. On se serait donné bien du mal à préciser où se trouvaient les épaules dans l'amas informe de chair qui lui tenait lieu de torse. Le vide abyssal qui hantait ses yeux donnait le vertige. Mon père entretenait l'idée que ses bougies d'allumage avaient pris l'humidité à force de barboter dans les marécages du néant. Il ne m'avait jamais répondu que par « c'est carrect » chaque fois que j'étais allée lui demander la permission d'inviter Cindy à la maison. Par ailleurs, farouchement terrée dans son appartement, sa mère demeurait pour nous un mystère complet. On avait émis l'hypothèse qu'elle ne savait peut-être pas où se trouvait la porte qui menait à l'extérieur.

« Y s'en occupent pas, mais y la battent pas, c'est déjà ça. Pis si on les dénonce, y vont déménager, ce monde-là bouge tout le temps, ça fuit le voisinage comme la peste, pis ça aidera pas personne, surtout pas la petite. C'est plate à dire, mais va falloir qu'à se sauve toute seule, cette enfant-là. À l'a confiance en nous autres, c'est déjà pas pire. C'est pas des fruits qu'à vient chercher ici… »

Je m'étais donc approchée d'elle tout doucement, jour après jour, prétextant une envie folle de manger moissi un fruit quand elle était là. Je la traitais comme un château de cartes, me retenant de la toucher, de souffler vers elle les mille questions qui me tenaillaient, me contentant de la regarder et d'attendre qu'elle se laisse apprivoiser. Son corps, continuellement agité de tics nerveux, prenait une pause, le temps que ses ongles crasseux forent le corps juteux du fruit et en libèrent la chair. Je disposais autour d'elle des essuie-tout pour contenir le carnage. C'est dans une bruine d'orange sanguine qu'elle m'a annoncé qu'elle voulait « aller au Messique ».

« Au Mexique ?

— Ouin.

— Pourquoi ?

— Y fait chaud.

— T'es déjà allée ?

— Néo.

— Qui t'a parlé du Mexique ?

— Parsonne.

— OK.

— C'est oui ?
— Euh... non, ben non, ça marche pas de même.
— Pou'quoi ?
— Ça coûte super cher aller là, pis c'est loin...
— *Fuck you* ! »

Sa petite main si gentiment posée sur la table l'instant d'avant a balayé tout ce qui s'y trouvait. Horriblement déçue, la petite m'a fait des yeux méchants et s'est lancée dans l'escalier. Décidément, sa confiance en nous débordait ; elle avait fini par croire qu'il s'agissait de demander pour recevoir, n'importe quoi.

Elle a mis trois jours à digérer sa désillusion avant de ramener sa crinière de petite sauvage dans nos fenêtres. J'ai attendu qu'elle soit entrée pour lui dire, d'une voix neutre, sur le ton le moins scolaire possible : « Cindy, on dit pas *fuck you.* » Alors que je croyais qu'elle se précipiterait à nouveau dans l'escalier en me crachant au visage, elle est tout simplement restée sur place, les pieds collés au prélart, les yeux plantés dans le panier de fruits. Je n'allais pas pousser la leçon jusqu'à demander des excuses, pas cette fois. On y arriverait peut-être un jour.

« Prends ce que tu veux.
— Je veux ça.
— S'il te plaît.
— S'i'te plaît.
— Prends-le.
— C'est quoi ?
— Un kiwi.
— C'est lette.
— Oui, mais c'est bon. Pis y en a pas souvent à l'épicerie. Attends, je vais te le couper, on mange pas la pelure.

— Y a du pouèle dessus.

— On le mange pas, le pouèle. »

Pendant toute la durée de la torture à la cuillère du pauvre kiwi, elle n'a pas osé lever les yeux vers moi une seule fois. Le sentiment qu'elle devait racheter quelque chose l'amenait à se tenir tranquille. Ma mère avait raison, elle finirait par s'en sortir toute seule, cette petite sauvageonne. Intuitivement, elle parvenait à tracer une ligne, même un peu floue, entre le bien et le mal. C'était déjà ça.

« On peut faire semblant d'aller au Mexique.

— Néo. Ça me tente pas.

— Mange ton kiwi pis viens me rejoindre. »

Sur le plancher de ma chambre, juste sous ma fenêtre baignée de soleil, j'ai étendu deux serviettes de bain et des coussins pour la tête. Mon réveille-matin crachait une musique d'ambiance. Je nous ai dégoté des lunettes de soleil, des cannettes de Ginger Ale avec des pailles pliantes et un ventilateur pour imiter le vent de la mer. J'ai même transporté l'arbre en tissu qui décorait le salon pour en faire un palmier. En roulant nos manches de chandail et le bas de nos pantalons, on pouvait à peu près se croire en maillot. Je me suis allongée la première.

« C'est pas de la musique messicaine.

— Y va peut-être en passer tantôt.

— Je te cré pas.

— Viens, le soleil est super chaud.

— C'est pas icitte, le Messique.

— OK, tant pis pour toi. »

Je cuisais depuis deux minutes quand je l'ai sentie s'allonger à côté de moi. Elle a mis les lunettes de soleil laissées sur sa serviette, a pris une gorgée de boisson gazeuse, a babouné pendant un autre cinq minutes avant de tomber endormie. Son corps maigrichon a mis un moment à se défaire de ses spasmes nerveux, puis ses petits doigts noircis rongés rognés craquelés se sont desserrés, sa bouche s'est ouverte, transformant son corps en cage de résonance qui charriait l'air par vagues amples et régulières. On y était, à la mer. Cindy n'était, tout compte fait, j'allais bientôt le découvrir, qu'une petite humaine normale laissée à elle-même que l'évanouissement de fatigue cueillait quand elle n'en pouvait plus. Les grands cernes mauves qui bordaient la saillie supérieure de ses pommettes osseuses en racontaient un bout là-dessus.

Après ce premier voyage réussi, nous sommes retournées souvent au Mexique. De là, nous avons poussé jusqu'aux îles Galápagos, pour voir les tortues grosses comme des cabanons, puis dans les Caraïbes, en Espagne, dans la blancheur immaculée des îles grecques et dans bien des ailleurs chauds et exotiques qu'on ne verrait probablement jamais autrement que dans nos têtes. On se tapait les décalages horaires les plus vertigineux en tissant quelques jolies phrases. Nos destinations s'accordaient aux publicités du Club Med que ma mère nous refilait pour donner une assise au décor. Comme Cindy tombait presque chaque fois endormie, le véritable voyage se vivait dans les préparatifs. Ma mère nous donnait un coup de main pour les atmosphères, elle qui pouvait nous décrire par le menu détail comment on se sentait étendu sur une plage déserte des îles Fidji. Les secrétaires «belles de l'intérieur» de ses Harlequin y aboutissaient toutes, un jour ou l'autre. Je peaufinais le reste une fois que nous étions couchées.

« Quand tu regardes la mer, y a rien en avant, juste du vide. Y a pas de montagnes, pas de maisons, pas de rues, pas de chars, pas rien, juste du vide. Tu regardes le rien à l'infini pis tu vois pas le bout. Ceux qui ont des bons yeux peuvent même voir la Terre *curver* en regardant ben loin…

— Pft ! C'est même pas vrai.

— Tu te sens détendue, relaxe, super calme, y a rien qui te dérange, t'es bien, juste bien, ça fait du bien, comme quand tu mets tes mains en dessous de l'eau chaude quand 'sont ben gelées l'hiver… »

Quand elle m'a vue, ce midi-là, revenant de la guérite, elle s'est précipitée vers moi en traînant les pieds pour retenir ses souliers.

« Sont trop grands pour toi, ces souliers-là, tu vas te péter la fiole.

— Ben non, rapport, sont jusse corrects pou'moé.

— Ta mère sera pas contente que tu prennes ses souliers.

— Sont à moé !

— Sont à toi ?

— Sontaient à ma mére, mais là sont à moé.

— T'as la face pleine de graines de chips. »

Avec l'ourlet effiloché de sa robe, elle s'est fait une petite toilette rapide, révélant du coup sa bobette décolorée, son ventre translucide, zébré de veines bleues, et ses petites pointes sombres qui deviendraient un jour des seins, si tout se passait bien.

« Lève pas ta robe de même, on voit toute.

— Eille ! Arrête de chialer su'moé ! Je m'en vas, d'abord.

— OK, bye, moi je m'en vais… en Afrique.

— NOOON ! Moissi !

— Enweille, tite tannante, je vais te prendre pour monter les marches, sinon tu vas te faire mal.

— C'est quoi, l'Afrite ?

— L'Afrique.

— C'est quoi ?

— C'est un continent.

— Pfff…

— Tu sais c'est quoi, une girafe ?

— Ouin.

— Un lion ?

— Ouin.

— C'est des animaux de l'Afrique.

— Y fait-tu chaud ?

— Oh oui, super chaud ! Tu vas voir. »

Mon père avalait sa deuxième beurrée de moutarde quand nous sommes entrées dans la cuisine. Je n'ai pas fait de grands discours pour lui raconter la fin tragique du père de Sonia. Les mots « crise cardiaque » résumaient bien sa fin abrupte.

« C'est jeune pour mourir de même.

— C'est quoi, une crisse cardaque ?

— C'est une maladie de vieux.

— Pis qui l'a retrouvé dans 'chaloupe ? Un gardien de parc ou ben un autre pêcheur ?

— Je sais pas. On a pas eu le temps de jaser.

— Ça devait pas être beau à voir…

— C'est quoi, une chaloupe ?

— C'est un p'tit bateau.

— C'est pas ben fatigant, pourtant, faire de la chaloupe…

— Je veux aller en chaloupe !

— Ben non, on s'en va en Afrique.

— Remarque qu'y venait peut-être de forcer comme un bœuf pour la mettre à l'eau, pis après ça, une fois assis avec une bonne petite bière frette… »

C'était à la fois beau et tragique d'imaginer l'explosion vermeille d'un cœur dans une fresque aux mille teintes de vert et de brun.

« J'y avais trouvé le *deal* du siècle, une belle Hyundai Pony *top notch*, 350 $. C'est pas du gros cylindrage, mais pour faire de la ville, c'est parfait.

— C'est ben pas cher !

— Entretenue de même, en plus. C'est une femme qui l'avait.

— Moi…

— Hum ?

— Je pourrais l'acheter, moi.

— Moissi, moissi !

— Pour quoi faire ?

— Pour toute faire ! Aller travailler, sortir, magasiner…

— Aller au Messique !

— T'as l'autobus à deux coins de rue. Pis je te fais des lifts.

— Oui, justement, ça te donnerait un *break*.

— C't'un paquet de troubles, un char. C'est pas les 350 piasses le problème, faut que tu penses au gaz, aux réparations…

— Tu vas pouvoir m'aider pour les réparations.

— … au permis, aux plaques, aux assurances…

— J'suis une fille, ça coûte pas cher.

— Moissi, j'suis une fille !

— Tout ça mis ensemble, ça coûte cher.

— T'as eu un char à quel âge, toi ?

— C'est pas pareil…

— Pourquoi ?

— Pou'quoi ?

— Pis y est même pas *power steering*, ce char-là, c'est pas facile pour une fille.

— Je m'en fous du *steering*. Pis y a l'université dans pas long… »

Coup bas, trop facile. Je connaissais parfaitement la toute-puissance de ce mot bardé de noblesse qui faisait reluire la machine à rêves de mes parents. Dans nos conversations, ma mère prononçait doucement le mot, le goûtait, le suçotait et le chapelet de merveilles que l'université évoquait pour elle se déployait dans sa tête farcie de clichés américains : elle voyait des bâtiments de pierre majestueux, des Einstein partout, des bibliothèques cathédrales tapissées de livres du solage au plafond et des pluies de mortiers, ces chapeaux de finissants qui ouvrent toutes les portes du monde. Sur les livres de sciences que je rapportais du cégep, elle posait solennellement une paume comme s'il s'agissait d'écrits sacrés à manier prudemment, sans jamais oser les ouvrir. Sa passion m'effrayait presque. Mon père a longuement soupiré, vaincu avant d'avoir commencé à combattre.

« Tu vas-tu faire une crisse toissi ?

— Ben non.

— T'es vieux.

— Moi ? Vieux ? J'suis un jeune fringant !

— Tes mains pis ta face sont toutes chessées. »

2

Derrière son micro, le curé roulait ses « r » sur des poncifs creux dont les échos terrassaient d'ennui la foule massée dans l'antre austère de l'église. Ses grosses mains boudinées à la pulpe de pêche traçaient lentement dans les airs des formes rondes et délicates en suivant les intonations de sa voix. Une petite entaille pratiquée avec la pointe affûtée d'un X-ACTO aurait permis de les dégonfler et de libérer ses doigts paralysés par l'enflure.

« Réjean aurait été heureux de nous voir réunis ici aujourd'hui… dans la maison du Seigneur, notre Seigneur… notre guide… pour l'accompagner et le saluer une dernière fois avant son dernier grand voyage… lui qui aimait la vie… qui a su se faire aimer des siens… lui, l'amant de la nature que le Seigneur est venu chercher pour un monde meilleur, lui qui est parti en faisant ce qu'il aimait le plus dans la vie… Réjean, en communion parfaite avec la nature, lui qui repose maintenant en paix… »

Réjean était mort au moment précis où il voulait vivre. Il aurait probablement échangé n'importe lequel des plus beaux jours de sa vie – mariage, naissance de ses enfants, Coupe Stanley du Canadien – pour avoir la chance de passer au moins une journée complète dans l'île de ses rêves. Je ne voyais pas ce qu'on pouvait célébrer dans un malheur aussi inopportun, il n'avait pas eu le temps de chasser ou de pêcher quoi que ce soit. Ceux qui priaient les yeux fermés devaient sûrement être en train d'implorer le bonhomme tout-puissant pour que ça ne leur arrive jamais; les autres se laissaient une note mentale pour se rappeler d'aller passer un foutu électrocardiogramme. Je me suis dit que si Dieu réalisait ses impénétrables desseins en bouchant des artères au pire moment, c'était un bien petit dieu, magnifiquement cruel.

« Réjean, notre frère… qui s'est sacrifié toute sa vie pour ses proches… »

La mère de Sonia n'a jamais eu le droit de travailler. Son Réjean avait la cervelle trop embrouillée par le charabia clérical d'une époque révolue pour courir le risque de gracier sa propre femme; qui sait, elle aurait probablement pu gagner de l'argent, devenir autonome et se rendre heureuse par ses propres moyens. Il avait toujours refusé de payer pour les cours d'« osti de niaisage » de ballet jazz de Sonia. Réjean – je ne connaissais même pas son nom avant ce jour-là – opérait du sacrifice, oui, mais dans une zone restreinte dans laquelle il prenait toujours soin de se positionner. Peu importe, le curé lui embaumait l'âme en le badigeonnant de vertus lénifiantes sur toutes les coutures, même sur celles qui avaient travaillé.

« … lui qui fut un mari aimant, un père bienveillant que Dieu accueille aujourd'hui en son sein… entouré dans la vie comme dans la mort de ceux qui tiennent à lui signifier leur affection…

— Où tu vas ?

— Dehors. Je manque d'air.

— Pour vrai ?

— J'étouffe.

— Ton père doit être là.

— ... permettons-lui, chers frères et sœurs de la grande Église de Dieu... de nous quitter sereinement, comme il l'aurait souhaité... »

C'était plus joyeux de faire le chemin de croix à l'envers, Jésus gagnait en force au fur et à mesure qu'on s'approchait de la porte. Je me suis trempé les doigts dans le bénitier pour me rafraîchir le cou.

Sur l'allée de béton qui menait au parvis, mon père fumait tranquillement, l'autre main au fond de la poche, les pieds campés en biseau pour plus de stabilité. La plupart des gars du garage qui s'étaient présentés avaient préféré attendre dehors, prétextant des allergies à l'encens ou à la poussière d'hosties. Le col empesé de leurs habits trop propres leur sciait le cou.

« Ah bin ga'donc ! C'est-tu déjà fini ?

— Non, c'est juste le sermon.

— Osti... pas capable.

— Moi non plus.

— Me faire sarmonner par un gars en jaquette qui bande sur Jésus, osti... »

Personne ne s'offusquait du folklore de Bob, il avait connu les pensionnats, un mot chargé de ténèbres qu'on évitait à tout prix de secouer. Il ne nous avait jamais conté son histoire, mais on la devinait dans sa haine débordante qui s'était, avec le temps, transformée en carnaval où saints et consorts jouaient les guignols dans des mises en scène de sa fantaisie. Il n'épargnait que Marie-Madeleine parce qu'il avait trop de respect pour les putes. Les flasques de gros gin passaient d'une main à l'autre, discrètement. Façon comme une autre de communier.

« Pis, y est-tu beau, le mort ?

— Je me suis pas rendue en avant, ça m'écœure.

— Ç'a l'air qu'y a la face jaune, comme si y avait eu la jaunisse.

— Qui t'a dit ça ?

— La femme à Piston.

— À l'a vu ?

— 'Est venue décorer l'autel après-midi. Ç'a l'air que ça sentait le crisse quand y ont ouvert la boîte.

— Ça sent toujours le crisse, un mort. »

Ron m'a tendu son flacon de bibine que j'ai accepté. La grande lampée de feu qui m'a léché les conduits m'a ramollie d'un coup. Je me suis frappé le plexus solaire pour équilibrer les douleurs intérieure et extérieure.

« Ça va mieux ?

— Un peu.

— Pis, la grande, tu l'aimes-tu ton petit cheval ?

— Je capote. »

Le nom du modèle, Pony, peu susceptible d'évoquer la puissance généralement associée aux voitures, faisait beaucoup rire les gars du garage où travaillait mon père. Je ne voyais pas le problème, un poney, c'est un cheval. En plus petit. Oui, son pedigree n'avait rien pour impressionner, car avec un peu moins de chevaux sous le capot, il serait tombé dans la catégorie des calèches. Mais aveuglée d'amour pour mon char, je lui pardonnais tout, même sa couleur incertaine et déstabilisante que le mot

« rouille » décrivait le mieux. Son châssis était en métal, il avait quatre roues et un volant, pouvait aller sur l'autoroute ; ça me convenait parfaitement. En bonus, pour les mêmes 350 dollars, il protégeait de la pluie, jouait de la musique et pouvait, de surcroît, garder au chaud en plein hiver. J'étais comblée.

Une ambulance tous phares éteints s'est stationnée à quelques pieds de nous. On ne l'attendait apparemment nulle part.

« Vous arrivez en retard, les boys, y est déjà mort ! »

Les gars se sont trouvés très drôles. Ron s'est mis à tousser comme un tuberculeux. Avec ses grands yeux bleus délavés, il avait la bouille parfaite du héros romantique que la maladie va bientôt emporter.

« On est venus pour les petites sandwiches.

— Nous autres avec.

— C'est ben une messe à boîte ouverte ?

— Ç'a l'air.

— On va rester dans le coin, ça pourrait servir... »

Le bras ballant sur la porte, l'ambulancier m'a regardée en levant un sourcil, un seul, barré d'une balafre. Un vieux truc de tombeur dont les hommes abusent dans les livres de ma mère. Rien pour m'impressionner.

« Vous allez rouler le cercueil sur une civière jusqu'au cimetière ?

— Si ça manque de bras, pourquoi pas. »

Quelqu'un est sorti en trombe de l'église.

« Venez-vous-en ! C'est la communion ! »

Notre anarchisme avait ses limites, on respectait un seuil préventif. On voulait bien aller en enfer, mais pas par n'importe quelle porte. C'est dans cette minuscule tranche de pain bénit que les gars trouvaient la force de rejeter le reste. Les sermons entraient et sortaient sans se prendre les pieds dans le colimaçon de l'oreille ; les molécules de pain s'incrustaient dans la chair et pardonnaient d'emblée, par osmose divine, une part des péchés. Pas plus brave qu'eux, je les ai suivis. Je tenais surtout à ce que Sonia sache que j'étais restée jusqu'au bout. J'ai jeté un dernier coup d'œil à l'ambulancier avant que la porte haute comme un pan de mur ne se referme sur moi. Il m'a fait un sourire de revue. Oui, d'accord, presque beau.

Dans la file grouillante qui avançait en dodelinant, les gars rappelaient le protocole à Pichette, qui n'avait pas mis les pieds dans une église depuis sa deuxième année. Il n'avait même pas fait sa confirmation. L'état de disgrâce dans lequel il se trouvait, et que les gars raillaient abondamment, s'est presque mis à l'inquiéter. Il était venu manger des sandwichs pas de croûte et se retrouvait avec une brique sur la conscience.

« Mets la droite en dessour, tu prends l'hostie avec.

— C'est ma plus sale, j'arrive pas à la décrasser.

— Là, le curé va dire quèque chose, me rappelle pus quoi…

— Le corps du Christ.

— C'est ça. Pis toé, tu réponds "Amen". *That's it that's all.*

— Ça veut dire quoi, "Amen" ?

— On s'en crisse.

— Ça veut dire "OK".

— Mais non, ça veut dire "merci".

— Merci pour quoi ?

— Pour t'avoir donné une hostie, calvaire.

— Qu'est-ce ça fait si je prends la main gauche ?

— L'enfer direct, mon chum. »

Tout le monde était sur son trente-six, ostentatoirement vêtu avec la sobriété qui sied aux cérémonies funèbres. Les femmes étaient gainées juchées trop maquillées, les hommes et les petits avaient les cheveux propres. Ou gominés. L'une des tantes maternelles de Sonia, assise à gauche, se payait un trip de star yé-yé avec son tailleur en velours mauve clair et un chapeau assorti, planté sur des cheveux noir de jais. Les honorables citoyens assis derrière elle ne voyaient rien, sinon les deux boursouflures que le curé avait pour mains quand il ouvrait les bras. Les faces rembrunies qui réchauffaient le banc paternel, à droite, désapprouvaient bruyamment. Les bassesses susurrées de part et d'autre ricochaient sur les prie-Dieu et lézardaient le fond sonore que le curé couvrait de sa voix traînante, monocorde. « Maudite sans-dessein pas de classe », « Balai dans le cul ! », « Amanchée comme une guidoune… », « Vieux boudin constipé. » Les hostilités avaient été officiellement déclarées au salon funéraire, Sonia me le raconterait plus tard, quand sa mère et sa grand-mère s'étaient mises à se chicaner le titre de la plus endeuillée.

« C'est pire de perdre un enfant qu'un mari.

— Facile à dire quand on a encore son mari.

— Je l'ai mis au monde, cet enfant-là.

— Y est dans mon litte depuis 26 ans, ce gars-là.

— Tu trouveras ben de quoi d'autre à mettre dedans, t'avais pas de misère dans le temps.

— Crisse de langue sale, tu changes pas. »

Calée au fond du banc, Sonia avait le visage ravagé, les yeux bouffis, les pommettes turgescentes. Elle se foutait complètement de sa place dans la hiérarchie des pleureuses, elle n'était pas prête à le partager avec les pissenlits, son père. J'ai penché la tête à quarante-cinq degrés en joignant les mains pour essayer de lui faire une équerre morale, sachant que je ne pouvais pas grand-chose pour elle, sinon lui murmurer des lèvres un compliment bien senti : « 'Est écœurante, ta jupe en cuir ! » De loin, on aurait dit du vrai.

Quand je me suis retournée, je me trouvais à quelques pouces du curé qui déposait une fine tranche de Dieu dans la main cagneuse de mon père, tout près du cercueil. Un homme mort dormait dedans, un homme jaune aux lèvres groseille couché dans une brassée de fausses fleurs aux couleurs criardes. Sans mains. On les avait couvertes d'un linceul qui attirait plus l'attention qu'il ne l'éloignait. S'étaient-elles putréfiées ? Le corps les avait-il larguées, comme des feuilles d'automne exsangues, quand il avait compris que la pompe n'acheminerait plus la sève ? Fallait-il les couper pour faire passer les boyaux de pompage…

« Mademoiselle ?

— Laurie ? Laurie ! »

Le décor est devenu mou et je me suis laissée tomber dedans, appelée par un besoin irrépressible de m'allonger. Des voix étouffées se taillaient des brèches dans ma semi-inconscience. J'ai senti qu'on soulevait mon corps.

« Tassez-la de d'là !

— Sont parkés en avant ! Grouille ! Va les chercher !

— Je le disais, qu'y était mal arrangé aussi…

— À l'a peut-être pas mangé, 'est pas ben grosse.

— Sont toutes anorexiques à cet âge-là. »

Au retour de l'image, le balafré souriait au-dessus de moi, comme si nous étions des amants dans un plan cinématographique en plongée. C'était la première fois que je voyais des yeux vert-de-gris, comme des bornes de batterie de char fatigué. Ou comme le toit du château Frontenac. Hors cadre phénotypique, aurait dit mon prof de biologie. Ma mère se découpait derrière lui, en un croissant de lune inquiète. L'image du mort empaillé m'est soudainement revenue à l'esprit, j'ai eu un grand spasme nerveux.

« Wooo ! On se calme !

— Y est où, le mort ?

— Loin. On est dans l'entrée.

— *Shit*…

— Bouge pas, je prends ta tension.

— J'suis correcte.

— Ça me prend des chiffres pour mon rapport, ma belle.

— OK.

— Ton nom ?

— Laurie.

— Moi, c'est Fred.

— J'aimerais ça, me lever.

— Encore deux petites minutes. »

Il a joué avec sa petite poire de caoutchouc pendant que je regardais la lame de poussière agglutinée sur toute la longueur de mon pantalon noir. Les planchers d'église sont des sols farineux.

« Je te conseillerais quand même de rentrer chez vous. C'est tes parents ? »

Difficile de nier, ma mère était au bord de l'apoplexie dans les bras de mon père, juste dans son dos. Assez près pour qu'il sente leur souffle dans son cou.

« Oui.

— Êtes-vous en char ?

— Oui. Même si on reste à trois coins de rue.

— OK, Laurie, on se lève, accroche-toi.

— Vous êtes sûr que c'est pas mieux de l'amener à l'hôpital ?

— Inquiétez-vous pas, madame, cette femme-là pète le feu. »

« Femme » et non « fille ». Il venait d'achever ma réanimation avec son tact princier. Vert château, finalement, les yeux.

« Appuie-toi sur moi. Tu me lâches pas avant que je te le dise, on va avancer un peu ensemble.

— OK.

— Un, deux, trois… »

Ce jour-là, je suis sortie d'une église au bras d'un bel homme qui n'avait d'yeux que pour moi. Ça ne s'est plus jamais reproduit par la suite. Qu'importe, les moments parfaits n'ont pas besoin d'être rejoués.

On a laissé tomber la mise en terre et les sandwichs pas de croûte pour le confort de notre perron. L'automne soufflait un vent chaud chargé de parfums dans le dédale des ruelles animées. Ma mère était restée « habillée », « tant qu'à être coiffée ». Une mise en plis détonne avec des vêtements de semaine. Une voisine lui ferait peut-être un bon mot. Pour multiplier ses chances d'être vue, elle est allée faire deux-trois courses parfaitement inutiles. De mon côté, je me suis poussée à Hollywood, dans un Danielle

Steel assommant, où la femme trop belle s'est mise à me taper sur les nerfs après une centaine de pages avec ses façons de sainte-nitouche et sa manie de boire du thé à toute heure du jour quand il lui aurait suffi de tendre la main pour attraper une coupe de champagne. Je suis retournée piger autre chose, loin de la pile des Steel.

Sonia est arrivée avec l'heure bleue pour venir prendre des nouvelles.

« T'es-tu correcte ?

— Ben oui, j'ai rien. Je m'excuse.

— *Come on*, c'est pas de ta faute… mais euh… allô, l'ambulancier !

— Bof, pas si beau que ça.

— Avoir su, je me serais évanouie moi avec.

— Ben trop vieux, de toute façon.

— Peut-être qu'on serait déviargées si on fourrait avec des gars de même au lieu des maudits épais comme Carignan. »

D'un commun accord, nous avions décidé que nos premières baises, beaucoup trop décevantes, n'avaient pas entamé nos virginités et qu'en l'absence de jouissance ou de bonheur s'en approchant, ça ne comptait pas. Le frétillement mécanique du bassin que Kevin avait opéré dans l'une des ouvertures les plus prometteuses de mon corps – selon la littérature, à tout le moins – ne méritait aucun titre grandiose.

« Pis toi, tu files comment ?

— Bof.

— Ta mère ?

— À se crêpe le chignon avec mes maudites tantes folles.

— Spéciale, ta tante mauve.

— Tu vas rire, c'est la plus fine. Du bord à mon père sont toutes *stuck up*.

— Balai dans le cul !

— Tu l'as entendu ?

— Tout le monde l'a entendu ! »

J'avais raté tout un tas d'autres perles et quelques empoignades de revers de vestons qui avaient failli dégénérer en bataille pendant le buffet : l'un de ses oncles avait traité son cousin de « fond de short » – l'insulte ultime – quand les questions d'argent étaient venues sur le tapis. Comme dans toute bonne famille, certains se croyaient en droit de toucher une partie de l'assurance vie, pour des vieilles histoires de dettes, de services rendus, de promesses non tenues, etc. Le cirque habituel des charognards s'était mis en marche.

« On va déménager.

— Han ? Où ?

— On sait pas encore.

— Pourquoi ?

— Ma mère veut une vraie maison, décollée des deux bords, personne au-dessus. 'Est écœurée de vivre dans un trou à rats.

— C'est pas si pire que ça, chez vous.

— À veut une cour pour se faire griller tranquille.

— Je mets des serviettes tout le tour de la galerie, personne me voit.

— Ça va me prendre un char moi aussi… »

C'est le moment qu'a choisi Cindy pour se pointer le nez avec sa baboune olympique. Elle portait des souliers bateau trop grands pour elle, des shorts et un t-shirt couleur crasse, assorti au reste.

« Salut, tite tannante !

— Salut, gros caca ! »

Elle m'avait expliqué que c'était un petit nom gentil. Ma mère m'avait conseillé de faire quelques concessions.

« C'est à qui, ces souliers-là ?

— J'ai faim !

— Va te chercher un fruit.

— Je veux une guidille.

— Ça se fait pas, demander des affaires de même, c'est pas poli.

— Mais j'en veux-eee !

— Comment on demande ça ? »

Sonia s'y est mise aussi.

« J'haïrais pas ça, moi aussi, une guedille…

— T'as pas mangé, au buffet ?

— Juste de la salade de macaronis. Y avaient fait les petites sandwiches avec du pain bleu, la couleur préférée de mon père, ça avait l'air dégueulasse.

— Lau, j'ai trop faim, moé…

— Va demander à Suzanne pis à Guy si y veulent qu'on leur rapporte des guedilles.

— On va-tu les chercher su'Pierrot ? »

À dos de mon petit cheval, Cindy perchée sur son trône de bottins téléphoniques pour qu'elle puisse « tchecker toute en avant », nous sommes allées cueillir une demi-douzaine de guedilles aux œufs « *full* mayo » et des cannettes de bière d'épinette que nous avons dégustées sur le balcon, dans le soir qui charriait l'écho des bouteilles entrechoquées et des voix feutrées coulant des fausses maisons empilées tout autour. Le chat du voisin est venu lécher la bouillie motonneuse qui dégoulinait des mains de Cindy. Réfractées par les mots de Sonia lancés plus tôt, les dimensions de notre appartement, comme dans un roman de Boris Vian, m'ont semblé réduites. Les nouveaux désirs de sa mère, hérissés d'un mépris qu'on ne nommait habituellement pas, rognaient soudainement les espaces que j'avais toujours habités sans vraiment les voir.

3

Sur la page déchirée du journal que la gérante de la boulangerie me tendait, un grand cercle rouge avait été tracé autour d'une offre d'emploi pour « serveur/serveuse avec expérience ».

« C'est pas loin, sur le boulevard Hamel, c'est à cinq minutes d'ici en char.

— Moi ?

— Ben oui, ma belle, pas pour moi certain !

— Pourquoi pas ?

— J'ai 54 ans, ma chouette, y a pas un restaurant qui engagerait une vieille croûte comme moi. Pis j'aurais pas la forme pour faire ça, c'est éreintant.

— Mais je connais rien là-d'dans.

— Tu vas l'apprendre, comme ici.

— C'est pas pareil…

— C'est vrai, ça va être beaucoup plus payant là-bas. Tu vas en avoir besoin pour l'université, ton char, ton appartement, pis toute.

— Mais y disent « avec expérience ».

— Y précisent pas dans quoi.

— Mais c'est évident que c'est dans le service !

— C'est pas écrit. Peut-être qu'expérience de vie, ça peut faire.

— Mais y disent d'apporter un C.V. aujourd'hui entre 13 h et 15 h.

— Oui.

— J'ai pas de C.V.

— Pas grave. Tu feras une version orale pour aujourd'hui.

— Mais j'ai rien à mettre dans un C.V. !

— Non ? T'as pas travaillé comme monitrice au parc, l'été ?

— Oui, mais là…

— T'as pas travaillé dans un club vidéo ?

— Pendant deux mois pour un vieux crosseur pervers qui me payait en dessous de la table.

— Pis ici ?

— Euh… on vend du pain.

— T'as pas des tonnes de qualités qui feraient de toi une super serveuse ?

— Bof…

— Oui, pis tu le sais. T'es vite, t'es allumée, t'es organisée, t'es forte, t'es fine, t'es patiente, t'es courageuse, t'es… ben là, prends pas ça de même ! »

Une belle grosse volée de bois rose, j'étais émue. Elle s'est approchée et m'a serré le bras pour m'aider à ne pas me liquéfier.

« Pleure pas, ça va te bouffir les yeux.

— Pis je finis trop tard.

— Ben non, cours, on va te couvrir, ça paraîtra pas. Marie va attendre que tu reviennes avant de partir.

— Là ? Tout de suite ?

— Ben oui, tout de suite.

— OK. Mais si ça marche pas ?

— T'auras essayé. »

Dix minutes plus tard, les mains moites agrippées à mon volant-bouée, je stationnais mon quatre cylindres devant le restaurant vide. J'ai mis une bonne dizaine de minutes à en sortir, mes jambes ne partageant pas mon enthousiasme devant la chance qui se présentait de devenir serveuse.

Une femme au sourire fatigué m'a gentiment accueillie au moment où je m'apprêtais à tourner les talons. Mon cœur pompait si fort que je n'entendais pratiquement pas le petit air de flûte de Pan qui jouait dans la place. J'ai rabattu mes bras sur mon corps pour ne pas gâcher, en y touchant, la surface parfaitement polie de la main courante en laiton.

« C'est pour une personne ?

— Euh… non. C'est pour l'annonce, pour le C.V.

— Ah. Donne-moi-le, je vais aller le porter à Carole, 'est pas encore partie.

— Je… ben… je l'ai pas vraiment avec moi.

— Ah non ? Ça va pas ben.

— Je sais. Je peux-tu voir la gérante quand même ?

— Pour ?

— Pour y dire.

— Y dire quoi ?

— Mon C.V.

— Tu veux y dire ton C.V. ?

— C'est parce que je travaille, là, pis je l'ai pas avec moi, y est chez nous, mais je pense que je peux…

— Ouf ! Ça me rassure.

— Oui oui, j'en ai un…

— Non, ton linge.

— Ah… c'est mon costume de la boulangerie. »

Une merveille vert menthe sertie de fioritures vieux rose. Les manches bouffantes collaboraient de belle façon au look zouave pontifical du costume.

« Ça doit pas avoir changé depuis les années soixante-dix, sartain !

— En fait… c'est notre nouveau costume…

— *My god* ! OK, viens. Si ça fait pas son affaire, à te le dira elle-même. »

En chemin, nous avons croisé deux serveurs en fin de shift qui portaient élégamment les mêmes vêtements : pantalon noir, chemise blanche, tablier noir noué à la taille, nœud papillon, souliers noirs, tire-bouchon à cheval sur la poche à monnaie. Voilà. Toutes les humiliations de l'exercice auquel je me prêtais à ce moment-là trouvaient leur justification dans cette image classique que j'appelais de tous mes vœux.

« Carole, s'cuse-moi, c'est pour un C.V.

— Tu peux me le donner.

— Mais la petite veut te le dire, elle a pas de copie papier avec elle.

— Oh ! Y est quelle heure, là ?

— Trois heures moins dix.

— Bon, OK. Fais-la entrer. Merci, Estelle.

— Euh… bonjour. J'ai pas mon C.V. avec moi parce que je travaille en ce moment…

— C'est quoi, ton nom ?

— Laurie.

— Moi, c'est Carole.

— Bonjour.

— Bon, tu sais ton C.V. par cœur ?

— Oui pis non, mais je peux vous dire en gros ce qu'y a dessus, parce que j'ai pas eu des tonnes d'emplois encore, mais quand même j'ai toujours travaillé, depuis que j'suis toute petite, j'ai commencé avec les journaux le matin pendant des années, pis après j'ai fait du gardiennage pis toutes sortes d'affaires de même, souvent juste pour rendre service, les enfants m'aiment beaucoup, j'suis fille unique, c'est peut-être pour ça, mais bon, ça c'est autre chose, malgré que c'est sûrement une bonne expérience pour servir les enfants, vu que je les fais rire pis que j'ai le tour, je pense, d'ailleurs après j'ai été plusieurs années monitrice au parc de la ville, l'été, j'suis très imaginative, énergique, en fait j'suis pas tuable, ma mère dit « comme le lapin Duracell », pis après j'ai travaillé dans un club vidéo avec un patron euh... assez exigeant pis qui... en tout cas, je suis vite partie de là pour aller travailler à la boulangerie grâce à une amie de ma mère qui m'avait recommandée, mais j'ai fait mes preuves toute seule, pis je travaille fort tout le temps, je me plains jamais, même quand c'est mon tour d'aller à la caisse où on peut pas bouger un orteil pendant l'heure qu'on est là parce qu'on est pognées dans une petite cage en bois faite juste pour la caisse, pis j'écris sur les gâteaux parce que j'ai une belle main qu'y disent, mais je suis forte aussi avec les plaques à pains pis les gros racks, y m'appellent la femme forte de l'Évangile, mais j'ai pas lu la Bible fait que je sais pas vraiment c'est qui, mais c'est pas grave, pis j'suis vraiment patiente, on peut me demander de faire n'importe quoi pis je m'entends bien avec tout le monde, pis j'suis vraiment bonne dans les chiffres, c'est d'ailleurs moi qui fais la caisse pis même des fois les horaires, pis même les rapports de ventes, j'ai la bosse des maths, c'est pratique, j'étudie d'ailleurs en sciences pures au cégep, je sais pas ce que je vais faire avec ça, mais je finirai pas dans un stationnement certain, pis j'suis très disponible les soirs les fins de semaine… »

Carole venait de lever l'index en ouvrant très grand les yeux. Dans mon énervement, j'ai d'abord regardé au plafond pour me rendre compte qu'elle essayait seulement d'avoir son tour de parole, comme à l'école.

« Euh… oui ?

— T'es vraiment *cute*, pis t'as l'air dégourdie, ma belle, mais j'ai déjà donné la job à quelqu'un, à Julie, une serveuse du Red Lobster qui vient de fermer. J'en avais à peu près vingt-cinq qui faisaient le pied de grue tantôt. Je pensais pas qu'y viendrait encore du monde à trois heures moins dix, fait que j'ai déjà donné la job.

— OK. Désolée. Je savais pas.

— Je m'excuse, j'étais pressée, j'avais même pas eu le temps de le dire à Estelle. Fallait que je mette la personne à l'entraînement le plus tôt possible, fait que j'ai réglé ça un peu vite.

— OK.

— Pis t'as jamais travaillé dans un restaurant…

— Non, je sais.

— Autrement, j'aurais pu te mettre sur une liste d'attente en cas de désistement. C'est pour ça que je voulais quand même "entendre" ton C.V. »

J'ai fui en courant, sans rien ajouter ni saluer personne, chassée par le ridicule, le mien, amplifié par le tas de conneries que je venais de débiter à une vitesse folle.

À l'abri dans mon petit cheval couleur rouille, j'ai fondu en larmes sans souci pour le gâchis facial. Tant mieux, ça m'éviterait peut-être même quelques questions à la boulangerie, on lirait tout de suite que ça s'était mal passé et on me foutrait la paix. J'allais devoir endurer le costume de clown encore un temps.

J'étais sur le point de me mettre en route quand j'ai vu Carole sortir du restaurant et se diriger vers moi d'un pas rapide en me faisant signe de la main.

« Attends ! »

J'ai tant bien que mal essayé d'avoir l'air très occupée à replacer les bouts de papier qui traînaient sur le siège passager quand j'ai ouvert la porte ; ma vitre était coincée depuis un moment.

« Écoute… t'as tellement l'air de vouloir… Je vais te donner une chance. Faut ben commencer à quèque part, hein ?

— Sérieux ?

— Mais comme hôtesse. Je pourrais te trouver des heures la fin de semaine. Pas une tonne, mais ça change tout le temps, les hôtesses restent jamais ben longtemps. C'est pas serveuse, y a pas de pourboires, mais c'est pas dit que tu pourras pas le devenir quand une place va se libérer. Les hôtesses donnent souvent un coup de main aux serveurs, c'est ta chance d'apprendre.

— Pour vrai ?

— Ça te tente-tu ?

— C'est sûr ! Mais vous êtes certaine ?

— Si je te l'offre… Pis c'est juste un essai, on va voir comment tu te débrouilles, on verra après.

— OK.

— Es-tu pressée ?

— En fait oui, j'suis sur mon shift de la boulangerie pis y a une fille qui attend que je revienne pour partir.

— Pas de trouble, vas-y. Je partais moi aussi, de toute façon. Samedi matin, pointe-toi à 10 h dans mon bureau. Passe par en arrière, ça va être barré en avant. On fera la paperasse juste avant le dîner pis tu suivras Estelle pour le reste. Je vais avoir besoin de ton numéro d'assurance sociale.

— OK.

— Ça te prend un pantalon noir coupe droite, souliers noirs, chemise blanche, je vais te donner un tablier pis un nœud papillon la journée même, j'ai ce qu'y faut dans le *backstore*.

— C'est le même costume que celui des serveuses ?

— Oui, c'est juste la couleur du tablier qui change.

— Wow…

— Ça va comme ça, je t'attends à 10 h samedi matin ?

— Oui.

— C'est quoi, ton nom au complet ?

— Laurie Gagnon.

— OK, à samedi, Laurie.

— À samedi, madame.

— Carole.

— OK, Carole.

— Ah ! Attends ! C'est vrai. T'as quel âge ?

— 18.

— Parfait. »

Tout le temps de la conversation, elle était restée accroupie en petit bonhomme pour se mettre à ma hauteur, les mains accrochées à ma banquette pour garder l'équilibre. Visuellement, ça devait plus ressembler à une demande en mariage qu'à une offre d'emploi. D'ailleurs, je versais des larmes de joie.

Les filles faisaient semblant d'être débordées quand je suis arrivée à la boulangerie pour ne pas se garrocher sur moi comme elles en avaient probablement envie : Lise replaçait des pains à sandwichs déjà cordés, Jacinthe frottait pour une huitième fois de la journée la vitre du comptoir à pâtisseries parfaitement propre et Marie-Claude avait momentanément quitté la caisse pour aider une cliente à se choisir une baguette bien grillée, pas trop molle, pas trop dure, juste correcte, fraîche, voilà madame vous serez pas déçue avec celle-là.

« Mais celles dans les sacs de plastique sont plus molles, y ont l'air ben plus fraîches.

— Ben non, madame, c'est celles d'hier, sont molles à cause du plastique.

— N'empêche que j'aime pas ça, des baguettes dures, toutes séchées, j'aime mieux les fraîches dans le plastique. De toute façon, c'est ça que ça fait, le plastique, ça garde frais.

— Allez-y pour la vieille fraîche d'abord. »

Je me suis plantée au milieu de la place et j'ai souri. Tout ce qui était pressant a cessé de l'être sur-le-champ.

« Pis ? Pis ? Pis ?

— Y avaient déjà trouvé leur serveuse.

— Nan ?

— Pas vrai ?

— Mais comment ça? Y était même pas trois heures quand t'es allée.

— Pas grave, ma belle Laurie, y en aura d'autres.

— Des restaurants, y en a partout, fais-toi-z'en pas.

— T'es pas trop déçue, j'espère?

— Tes yeux sont gonflés, t'as-tu pleuré?

— C'est rien contre toi, si y avaient déjà trouvé, y avaient déjà trouvé…

— C'est vrai, ça, c'est juste une question de *timing*.

— Oui, un mauvais *timing*… »

J'ai levé les bras au ciel.

« Fait qu'y m'ont engagée comme hôtesse en attendant!

— AH!

— POUR VRAI!

— T'ES-TU SÉRIEUSE?»

Elles sautaient et tapaient des mains comme des gagnantes de la loto, s'abandonnaient aux gestes puérils qui accompagnent les trop grosses charges de bonheur spontané. Après quelques secondes, leurs mains se sont empressées de replacer les mèches, les manches, les ceintures. Mais ce qui s'effaça tout de suite sur leur corps resta intact sur leur visage; elles étaient réellement heureuses pour moi. Comme elles avaient le bonheur simple, du genre qui ne dépasse pas la paie ni les contours d'un réel étriqué, il leur restait de la place pour vouloir celui des autres, le mien.

« T'es mieux de revenir nous voir, ma petite bonyenne. »

Mais elles disaient ça en sachant trop bien, pour l'avoir tant vécu, qu'on revient la semaine d'après, puis celle d'après, et que bien vite les visites s'espacent jusqu'à devenir si rares qu'elles ne créent plus que du malaise. Quand d'aventure on se croise, plus tard, les grands élans affectifs ne sont plus que des mains levées, polies, qui retombent avec les yeux qui ne savent plus où se poser. Les questions qu'on pose quittent la sphère de l'intimité – Pis pis pis, t'as-tu vu le beau Dave, hier ? – pour ressembler à celles du recensement – Tu demeures dans quel coin ? Combien d'enfants ? Tes parents vont bien ? Après un certain nombre d'années, on s'arrange même, avec une adresse dont personne n'est vraiment dupe, pour se croiser sans se voir.

■

En rentrant, ce jour-là, je me suis arrêtée devant l'hôpital. Ma mère n'y était pas, mais sa cabane se découpait sur l'entre-chien-et-loup qui tapissait le ciel. De loin, on voyait seulement la tête du guichetier dans l'habitacle éclairé. Je venais tout juste de découvrir, en le formulant pour la toute première fois de ma vie, que je ne voulais pas ça, que je ne voulais pas finir là. Que la fabuleuse organisation de ma mère pour survivre dans ce dé à coudre ne m'avait jamais fait oublier qu'il ne s'agissait en réalité que de surveiller une clôture qui protégeait l'accès à un stationnement. Que mon idée de ce qu'était un vrai travail ne s'était jamais accordée à cette prison mal payée. Que j'avais établi, à mon insu, une hiérarchie sociale qui plaçait ma mère tout au fond. Que j'avais peur de ce fond comme d'une maladie honteuse. Et que j'avais confusément honte de ma peur.

Cindy m'attendait, sans souliers, pour voir si je lui avais rapporté, comme souvent, des petits gâteaux Vachon dont la date de péremption était passée. Je n'y avais même pas pensé.

« Ah, plate. J'avais *full* trop le goût !

— Je sais, binette, mais va falloir que tu t'habitues, je travaillerai pus là bientôt.

— Pourquoi ?

— Je vais avoir un nouveau travail.

— Pourquoi ?

— Parce que.

— Qu'esse tu vas faire ?

— Hôtesse dans un restaurant.

— Pfff…

— Tu sais c'est quoi, une hôtesse ?

— Néo.

— C'est la personne qui te dit où t'asseoir dans le restaurant. »

Elle m'a fait des gros yeux ronds en levant le menton.

« Poche !

— Ben non, c'est le *fun* !

— Pfff…

— Toi, qu'est-ce que tu veux faire plus tard ?

— Comme mon pére.

— Ah oui, pompiste ?

— Néo. Y met du fioule din 'chars.

— C'est ça, pompiste.

— Pfff…

— Arrête de souffler comme une balloune qui se dégonfle. Viens, on va aller au dépanneur se chercher une tite gâterie, d'abord.

— Une grosse !
— Sont où, tes souliers ?
— J'ai za pardus. »

4

« Jamais les mains vides. Tu ramasses tout ce que tu peux sur ton chemin : des assiettes, des ustensiles, des napkins, des cabarets, des cochonneries, des cendriers, n'importe quoi. Jamais les mains vides, faut que ça devienne un réflexe. Jamais les mains vides. »

Estelle gérait la salle à manger comme s'il s'agissait de son propre restaurant. Ancienne serveuse confinée par l'âge dans le rôle d'hôtesse en chef, elle savait qu'elle achetait par son ardeur au travail le droit d'y être encore. Et comme les mécanismes de son corps se déglinguaient les uns après les autres en lui causant d'infinies douleurs, ses mouvements avaient petit à petit perdu de leur naturel. C'était une femme désormais bien mûre qui vieillissait dans un corps ennemi. Les artifices de son ancienne beauté, comme sa minceur étudiée, ses cheveux toujours fraîchement teints et ses lèvres dessinées, ne parvenaient qu'à accentuer l'irréversible étiolement de sa jeunesse.

On m'avait enseigné le plan du restaurant avec son système légèrement broche à foin de numérotation des tables et de répartition en sections. Je devais, après les salutations d'usage, accompagner les clients en essayant de respecter une rotation des sections équitable pour les serveurs. Mais les tables près des fenêtres avaient un pouvoir d'attraction comparable à la répulsion qu'exerçaient celles à proximité des toilettes, ce qui rendait inapplicable ce principe d'équité. Je devais également aider à servir et à débarrasser les tables, installer et amuser les enfants, torcher leurs dégâts et ceux des serveurs, courir la monnaie manquante dans les commerces autour, nettoyer et remplir les aires de service, les comptoirs, le bar, essuyer les verres et les ustensiles, prendre annuler changer les réservations et faire un bon demi-millier d'autres tâches qui sauvaient la vie d'un peu tout le monde. On disait « hôtesse » pour faire joli, mais on pensait femme à tout faire, bouche-trou.

Carole se présentait assez rarement en salle à manger, lui préférant de loin la folie des cuisines. Elle croyait fermement que le client préférait se faire servir son repas plutôt que trois verres d'eau et des excuses plates par une gérante professionnelle. Parmi les cuisiniers, devant l'embouteillage des bons de commande, elle fronçait les sourcils, forçait la cadence en tapant des mains, « OK ! OK ! OK ! », et gardait le contrôle de la cuisine d'une voix assurée en distribuant des ordres péremptoires, jamais contestés. Les torpilles pleines de lasagnes, d'escalopes de veau *parmigiana* et de pizzas-César déboulaient efficacement par les portes battantes jusqu'au retour du calme plat. Elle se lavait alors les mains, se fendait à nouveau d'un sourire discret et retournait à ses colonnes de chiffres, qu'elle façonnait minutieusement jusqu'à leur donner la forme du profit.

Quelques mois après mes débuts, un jeudi midi où j'avais choisi de remplacer mon cours de sociologie par une prime de quelques heures, elle m'a fait venir à son bureau pour m'annoncer trois grandes choses : elle était enceinte et devait quitter le restaurant pour des tâches allégées au siège social de la chaîne ; elle serait remplacée dans la semaine par un spécialiste venu de Toronto chargé de « remonter » le restaurant, dont le rendement décevait, malgré tous ses efforts ; elle m'avait chaudement recommandée pour être assistante gérante de la salle à manger.

« Moi ?

— Oui.

— Mais non !

— T'es capable de faire les horaires.

— Oui…

— On m'a dit que tu trouvais que les plans de sections étaient mal pensés, tu pourrais faire des propositions.

— Oui…

— T'es bonne avec les chiffres, je t'ai vue faire avec la caisse des filles.

— Je punche toujours avant.

— Je sais, c'est pas un reproche. Pis Estelle t'aime beaucoup.

— Justement, Estelle ?

— Je préférerais que ce soit toi, pour l'instant. Mais j'oublie pas que tu veux devenir serveuse, Claude est au courant.

— Claude ?

— Le remonteur de Toronto.

— Mais, je sais pas, me semble que… Pis j'ai le cégep, c'est ma dernière année…

— On va s'arranger pour que ça rentre à peu près dans tes heures habituelles. Claude va faire beaucoup de plancher pendant sa « mission », ça va te laisser du temps de bureau.

— De bureau ?

— Tu vas avoir un titre d'assistante gérante, tu pourras travailler dans le bureau pour la paperasse.

— OK, mais j'aimerais mieux juste garder "hôtesse", ce serait correct.

— Impossible, si t'as pas un titre, les filles vont te manger la laine sur le dos. Quand elles vont savoir que c'est toi qui fais les horaires pis la répartition des sections, tu vas te faire gosser pas à peu près, va falloir que tu tiennes ton bout. Mais Claude va te backer, inquiète-toi pas. C'est lui qui va gérer les pas contentes pis les petites crisettes.

— Je sais pas…

— Pis ça te prend le titre pour avoir le trois piasses d'augmentation.

— Trois piasses ?

— Trois piasses de l'heure.

— TROIS PIASSES DE L'HEURE DE PLUS ? »

■

Je n'avais fait la grande annonce à mes parents que le lendemain matin, histoire de ne pas trop les secouer juste avant d'aller dormir.

Mon père a souri en marmonnant des « ah ben ah ben ah ben ». Il m'a donné une poignée de main et une petite tape sur l'épaule avant de s'enfuir au garage. Ma mère a mis la main devant sa bouche avant de plonger les yeux dans les motifs du prélart pour reprendre contenance. C'est pour lutter contre le vertige qu'elle s'est tout de suite mise à faire le tour des problèmes qu'une si soudaine avancée pourrait générer.

« Mais tu vas pas lâcher l'école, ma belle cocotte ?

— Mais non, maman, je vais continuer comme avant, le soir, la fin de semaine. Je vais juste faire plus de bureau, moins de plancher.

— C'est pas que c'est pas un vrai métier, là, c'est pas ça que je dis, c'est juste qu'avec un diplôme, c'est plus facile après.

— Je sais, maman.

— Assistante gérante, mais avec un diplôme.

— Oui, promis.

— Tu feras ce que tu veux après le cégep, t'es pas obligée d'aller à l'université… »

Tout en velours, le mot lui caressait la bouche.

« Assistante gérante, quand même, ça me fait drôle…

— Juste de la salle à manger. C'est parce que je vais aider à faire un peu de paperasse.

— Mais quand même !

— Quand même, oui.

— Tu vas pas partir en appartement ?

— Ben non, maman, voyons, ça changera rien, inquiète-toi pas.

— Ça te prend-tu du nouveau linge, des pantalons chics, des souliers neufs ?

— Non non, c'est beau, je garde le même costume.

— Tu sais que ton père est pas mal fier, là ? Ça paraît pas de même parce qu'y parle pas beaucoup, mais je gage que tout le monde se fait chauffer les oreilles avec ça au garage à matin.

— J'imagine.

— Tu pourrais aller lui faire un petit coucou en passant, j'suis sûre qu'y aimerait ça. Y est tellement fier…

— OK, je vais essayer.

— Je t'ai mis un livre sur ton bureau.

— J'ai pas encore fini les autres. Pis faut que je lise *Maria Chapdelaine* pour mon cours de français.

— Tu l'as déjà lu.

— Ça fait longtemps, je m'en souviens pus.

— Ben ça finit mal, ben mal, à choisit le pire des trois. Moi, je serais partie aux *States.* »

Mon œil. Ma mère ne serait allée nulle part. Dans la vraie vie, sa ligne d'horizon s'arrêtait au Lac-Saint-Jean, sur le terrain qu'une cousine mettait à notre disposition quand nous allions visiter la famille en tente-roulotte. L'inconnu s'étendait au-delà de cette limite, comme une terre brûlée.

« Tu lis quoi, toi ?

— Bah, avec le frette qu'y fait de ce temps-là…

— Non, pas encore *Les oiseaux* ?

— Ben oui.

— Maman ! Tu le connais par cœur.

— Ça me réchauffe.

— Ça finit encore plus mal que *Maria* ! »

Au garage, la plupart des gars étaient dans les fosses en train de farfouiller dans les tripes malades des voitures. Sur les murs, comme toujours, d'édifiants calendriers de filles-choses couchées sur des véhicules improbables – trop propres ou jamais sortis l'hiver – rappelaient notre incontestable appartenance au règne animal. Jingle a vu mes mollets en premier.

« Quin ! Des jambes de gérante !

— Salut, Jing ! Mon père est-tu là ? »

Le tintamarre de la cantine roulante qui arrivait au même moment a enterré sa réponse. Comme des rats quittant le navire, les gars se sont rués sur les carrés de sandwichs aux œufs, les pinottes au BBQ, les crottes de fromage. Les mains négligemment essuyées sur les pans déjà huileux de leur chienne, ils mangeaient et se léchaient les doigts sans se préoccuper de ce qu'ils avalaient du même coup. Le fond de leur estomac, forcément, devait ressembler à leurs semelles. Une autopsie de garagiste révélerait assurément un intérieur baignant dans l'huile, comme celui d'une pieuvre mal crevée. J'avais percé la poche d'encre de la mienne pendant une dissection en biologie, je pouvais m'en faire une idée.

« Y est allé charcher des *calipers* à Pintendre. Y devrait pas tarder. J'ai gagé une piasse sur 42 minutes.

— OK, tant pis.

— Attends-le un peu. Je te paye une collation, prends ce que tu veux. »

Pichette ne ratait jamais une occasion de se montrer aimable. Je m'évertuais à repousser ses gentillesses et ses invitations sans le froisser. Il ressemblait trop à mon père.

« Ben oui, Laulau, on fête ta promotion !

— On se calme, j'suis assistante gérante de la salle à manger, c'est comme être hôtesse.

— Ton petit cheval est pas parti à matin ?

— Y part tout le temps.

— Tu nous l'amèneras pour un tit changement d'huile… »

Ne jamais traîner proche d'un *pit* de garage. En présence de mon père, c'était une chose encore possible, il opérait comme un écran protecteur autour de moi, mais toute seule, jamais. Autour du trou, qui gardait toujours pour moi sa nature de piège potentiel, il y avait les monuments d'insignifiance qui s'érigeaient en abîme capable de tout aspirer. Les métaphores qu'on y déclinait avaient un goût plus que douteux, où les yeux des femmes étaient des *spots*, leurs seins, des *bumpers*, idéalement sur les « hautes », leur corps, des *frames* plus ou moins bien *jackés* que les gars s'offraient de redresser par un petit coup de cric, et l'acte d'amour, un simple changement d'huile. La vulgarité dégoulinante de ces images sans magie tuait toute forme de grâce et de volupté. Avec les années, mon père s'était inventé un poste de livreur-chercheur de pièces qui l'avait – même s'il n'avait jamais ainsi formulé l'affaire – libéré du *pit*. Ses mains tatouées de graisse noire, moignons grugés par mille et une petites blessures, s'étaient tordues jusqu'à prendre des poses de branches sèches, inhumaines, à la faveur d'une arthrite ravageuse. Il lui manquait, de plus, la moitié de l'auriculaire droit et la phalangette distale de l'index gauche. Plus de mécanique pour lui. Il passait désormais l'essentiel de ses journées à courir des pièces chez des détaillants, dans d'autres garages et dans les cours à scrap qu'il connaissait comme le fond de ses poches. Quand une pièce était introuvable, discontinuée ou hors de prix, il débarquait dans l'un de ces cimetières de ferraille armé de cisailles et de pieds-de-biche, dépliait tordait coupait autant de tôle qu'il le pouvait pour débusquer le précieux morceau que le concessionnaire ne vendait qu'avec le système complet. Les questions d'argent et de principe étaient pour lui intimement liées. Un Robin des bois de la scrap. Les gars pariaient sur le temps qu'il mettrait à rapporter les pièces. On savait qu'il les trouverait.

«Je peux-tu faire un téléphone?

— Faut que t'appelles ton namoureux?

— Faut que j'appelle à ma job pour mon nouvel horaire.

— C'est correct, j'suis pas jaloux.»

Dans le poste d'accueil recouvert d'une pellicule graisseuse, appelé le cockpit, qui servait de magasin et de foutoir, l'air était saturé de cambouis et de jus de poubelle. C'était comme si la pièce tout entière avait été immergée par une crue d'huile à moteur qui se serait doucement retirée. J'ai farfouillé partout sans trouver de linge propre pour soulever le combiné poisseux. J'avais étendu mes recherches au bureau de Ron quand le carillon de la porte a retenti.

«Bonjour!

— Ah… Bonjour.

— Je voudrais faire le plein…

— C'est libre-service.

— Le problème, c'est que ma trappe à essence ouvre pas.»

Jeune vingtaine, beauté discrète, atypique, yeux noisette, dents plus droites que ce que permet une bonne génétique. Jamais vu dans le coin. J'ai jeté un œil dehors, juste devant la porte: Golf GTI noire. Il devait s'être égaré. Les gars tournaient encore autour de la cantine, se chauffant la face dans les vapeurs de leur café eau de vaisselle, les pieds dans la slush de novembre.

« Euh… je travaille pas vraiment ici.

— Vous êtes en train de cambrioler ?

— J'oserais même pas, c'est trop sale. »

Une fossette, côté gauche. Un pli crocheté en forme d'intégrale entre les yeux. Des mains coupées par le comptoir, hors de vue.

« Je vais faire signe à un des gars pour qu'on vienne t'aider.

— Merci. »

Il s'est glissé de côté pour me laisser passer en levant le doigt, pour me montrer qu'il avait tout de même tenté de trouver une explication rationnelle à son problème.

« La trappe est peut-être gelée.

— Non, y fait pas assez froid. »

Une fois dehors, j'ai délicatement poussé dessus pour jauger la résistance avant de donner un bon coup de poing avec la partie bombée de ma paume fermée, pour ne rien abîmer. La trappe a poppé comme je l'espérais.

« Wow !

— Ton câble est peut-être pété.

— Ça se change ?

— Ben oui.

— J'ai aussi un problème avec ma radio.

— Qu'est-ce qu'à fait ?

— À capte pas le signal.

— Ça griche ?

— Un peu, c'est bizarre.

— C'est électrique, de toute façon. C'est la spécialité de Jingle. Je te l'envoie. Allume tes lumières en attendant.

— Mes lumières?

— Ça doit être un problème de contact.»

La lumière naturelle avait fait apparaître sur son visage des myriades de taches de rousseur. J'ai eu envie de les toucher pour en éprouver la texture. Son oreille droite était légèrement décollée. Il me dépassait d'une bonne tête.

«JINGLE! Y A UN PETIT MONSIEUR QUI AURAIT BESOIN DE TOI ICI!»

Je souffrais déjà du syndrome de la miniaturisation contracté au restaurant et qui faisait que tout ce qu'on y consommait avec culpabilité se déclinait en format réduit: on mange une petite entrée, on ajoute un petit extra, on prend un petit verre ou un petit dessert qui s'additionnent sur la petite facture des petites madames. Et là, un petit monsieur, malgré sa taille.

«Merci.»

J'ai levé la main en guise de salut et suis retournée à la maison pour faire mon appel. Ma mère partait travailler au même moment, je l'ai attrapée juste avant qu'elle file.

«Y est où, *Orgueil et préjugés*?

— Tu le connais pas par cœur, celui-là?

— Gnagnagna…

— Dans le corridor, troisième pile. Pis *Maria*?

— Bof, l'histoire m'est revenue finalement. Je l'ai feuilleté vite vite.

— Pis?

— Pis quoi?

— T'aurais choisi quel gars?

— Hum… celui qui s'écarte dans le bois, même si c'est un maudit sans-génie.»

Sur la page de garde d'*Orgueil*, comme à son habitude, ma mère avait inscrit un petit chiffre à la mine de plomb pour mieux organiser ses journées : 9.

5

Le remonteur s'était logé dans mon esprit juste à côté du Terminator, par accointance phonétique. Il en avait donc, tout naturellement, pris les traits et l'accoutrement. C'était un redresseur de trop petits profits qui viendrait redraper les pans un peu flasques de l'entreprise. Mais le dandy qui est débarqué dans la salle à manger n'avait rien du superhéros : mince et raffiné, il est entré en effectuant un chassé-croisé de jambes amusant avant de se lancer dans une présentation colorée qui accompagnait parfaitement son costume de lin bleu. Si je m'étais trouvée à côté de lui, je n'aurais pu m'empêcher de le toucher. Dans sa poche, élégamment plié comme une pointe de tarte, un mouchoir de soie jaune suivait la cadence de ses mains blanches qui marquaient les accents toniques des mots qu'il empruntait pour raconter qu'il avait à peu près tout fait dans le domaine de la restauration, qu'il avait sauvé certains des plus grands restauRANTS de ToronTO et qu'il entendait bien amener celui-ci là où il méritait d'être, là où nous méritions tous de nous retrouver : au somMET ! Les cuisiniers, entassés en un pain d'hommes au fond de la pièce, roulaient des yeux de merlans frits en soufflant de désespoir, comme s'ils étaient contraints d'écouter un film de princesse.

« Mais il faut d'abord y croire, il faut vouloir être au sommet !

— Youpi.

— Nous allons commencer par nous approprier l'essence du restaurant, l'habiter, lui appartenir, fusionner avec lui. »

Aux murmures-grognements qui montaient en crescendo, on comprenait que l'idée de fusionner avec un restaurant n'enchantait personne.

« *Uno* ! Nous sommes un restaurant italien, donc il faut s'imprégner de l'Italie, la goûter, la sentir, la voir. Vous êtes pas à Vanier sur le bord du boulevard Hamel, vous êtes en Italie, dans la vieille Italie gourmande, dans un vignoble baigné de soleil, pis ça sent la tomate à plein nez… On vend pas de la bouffe, on vend une expérience italienne.

Due ! Les Italiens parlent avec les mains. Si on veut faire vivre une expérience italienne, faut jouer jusqu'au bout. Quand un client nous demande si c'est bon, ce plat-là, on dit pas « ouin, c'est pas pire » les mains dans les poches de son tablier, on ramène ses index pouce majeur ensemble, on les lève à la hauteur de son nez pis on lance bien fort : "Délizioso !" On accueille les clients, "*Buongiorno signora* !", y partent, "*Buona notte signore* !"…

— *Tsss*… Osti…

— Oui, derrière, vous avez un commentaire à faire, jeune homme ?

— Non, c'est correct.

— Non, j'insiste, vous nous avez intrigués avec vos bruits de bouche.

— C'est de l'osti de niaisage, personne parle italien pour vrai icitte.

— Et?

— Ben, personne va croire qu'on parle italien.

— Vous pensez ça?

— Ouin.

— Quand les gens vous commandent une pizza *napolitana*, pensez-vous qu'ils croient manger une pizza typiquement napolitaine, de Naples?

— Ben… je sais pas.

— Quand ils vous commandent un *rigatoni pollo florentina* en vous le pointant dans le menu parce qu'y arrivent pas à le prononcer, pensez-vous vraiment que vous allez leur servir un plat italien?

— *Tsss*!

— Pensez-vous qu'on sert de la vraie *gelato*?

— J'sais-tu, moé!

— Ben non, mon ami, tes plats sont pas plus italiens que tu parles italien. N'importe quel vrai Italien qui débarquerait ici penserait de notre soupe *minestrone* que c'est de l'« osti de niaisage ». Pis la salle à manger! Pensez-vous que ç'a l'air de ça, une cuisine italienne? Pensez-vous qu'ils ont des treillis couverts de vignes en plastique dans leur cuisine, les Italiens? Que leurs nappes sont en polyester avec des grosses olives vertes dessus? Que leurs murs sont en stucco avec des insertions de fausses briques brunes? Ben non, c'est toute de l'osti de niaisage. Mais c'est peut-être mon erreur, j'ai mal présenté l'affaire tout à l'heure. Je reprends. En fait, ce que les gens viennent chercher ici, c'est une expérience italienne qui correspond le plus fidèlement possible à l'idée nord-américaine qu'ils se sont faite de l'Italie. Notre travail, à nous, c'est pas de repenser l'image de la chaîne, ni celle que le client a dans la tête, c'est d'essayer de bonifier, d'enjoliver, de nourrir l'illusion qu'ils viennent chercher ici et qu'on s'est donné le mandat de leur vendre, pour que tout le monde soit heureux, toi le premier, vu que ta paie en dépend. Et comme on parle d'illusion et pas d'authenticité, si vous arrivez juste à dire "bonne *journo*" au lieu de "*buongiorno*", ça fera parfaitement l'affaire, personne va le savoir, parce que personne parle italien pour vrai "icitte", t'as ben raison. Et si par bonheur on tombe sur des vrais Italiens, y vont trouver ça *cute* que vous parliez si mal en essayant si fort. Ceci étant dit, personne est obligé de jouer le jeu ou d'essayer d'y croire. Vous êtes libres de partir quand vous voulez. Capitche ? »

Un long moment de silence italien nord-américain.

« *Tre* ! À partir de maintenant, je m'appelle Claudio. Vous pouvez fourcher un peu la fin du mot, ça fait joli. Que j'aie l'air ou pas d'un Italien a aucune importance. Votre nom, ma chère madame ?

— Moi ? Euh… Diane.

— Diane… Diane… disons Dina ?

— Dina ?

— C'est joli, non ?

— Euh… oui, OK.

— Et vous, madame ?

— Moi ? Francine.

— OK. Francine, ça peut devenir… Francesca ?

— Ah ! C'est pas facile à dire, ça.

— On va se pratiquer.

— Je pourrais-tu prendre d'autre chose, même si c'est pas proche ?

— Oui, comme quoi ?

— Ben, je pense que j'aurais aimé mieux… Sophia, tant qu'à faire italien.

— Sophia ?

— Oui, comme Sophia Loren.

— C'est parfait, adjugé, Sophia.

— Ah, merci !

— Chanceuse, j'aurais dû choisir avant toi !

— Et vous, derrière, mon ami qui semblez souffrant, votre nom ?

— Moé ?

— Oui, toi.

— Jean-Seb.

— Comme dans Jean-Sébastien, j'imagine.

— Ouin.

— Jean-Sébastien… Jean-Sébastien… disons… Jean-Sébastien.

— Ah ouin ?

— Vous gardez vos noms dans la cuisine, à moins que ça vous amuse d'embarquer dans le jeu.

— Moi, je prends Gino ! »

À l'exception de Charles, qui trouvait que « c'était juste de la *bullshit* » et que Carlos ou Fabio sonnait « full trop gai » – s'il avait vu à l'œuvre le Fabio des photos-romans de ma mère, il aurait peut-être changé d'idée –, tout le monde a choisi de rester et de jouer à la fausse Italie, certains poussant le jeu de rôle un peu plus loin que d'autres. Maintenant qu'elle s'appelait officiellement Sophia, Francine s'évertuait à ressembler à la célèbre actrice, usant de teintures, de faux cils et de rembourrage stratégique pour essayer de recréer certains de ses plus marquants atouts. Les gars de la cuisine commentaient avec enthousiasme la transformation de cette femme d'un certain âge qui semblait, sous le couvert du jeu, combler des fantasmes jusqu'alors inassouvis. De son côté, sans trop de surprise, la nouvelle s'était glissée dans la peau de Julia, la *pretty woman* de l'heure ; les gars passaient leurs shifts à lui demander combien elle chargeait pour une pipe. En fait, dans l'appropriation que chacun faisait de son rôle jaillissait une touche de personnalité qui profitait habituellement de l'Halloween pour se révéler. Dina s'était mise à chanter du Dalida, Karina à donner des ordres, la main sur la hanche, et Pablo s'était laissé pousser une moustache qu'il vrillait en tire-bouchon pour ressembler à Dalí – il croyait que le célèbre peintre était italien, comme à peu près tout le monde. Par une forme de respect ancestral, personne n'avait imposé à Estelle de changer de nom. « Estella » semblait d'ailleurs plus capable d'évoquer l'émission pour enfants *Robin et Stella* – les gars de la cuisine n'en manquaient pas une – que la prestance d'une grande dame italienne.

Sur ma cocarde, on pouvait désormais lire « Laura ». À tout prendre, ce n'était rien d'autre qu'une ouverture de bouche à la fin de mon vrai nom. Et comme ma mère s'était inspirée de Laura Ingalls pour me nommer, ce nouveau nom me rapprochait de mes propres sources.

Comme pour les autres, cette vie parallèle offerte par une simple lettre avait fini par éveiller en moi des désirs nouveaux : je me suis mise à porter du rouge à lèvres bordeaux – je disais *Valpolicella* – qui donnait, de loin, l'impression que j'avais un immense trou au milieu du visage.

■

Cindy a tout de suite détesté mon nouveau nom.

« Je veux pas que tu t'appelles de même, moé !

— C'est juste pour faire semblant.

— J'aime pas ça, le semblant !

— C'est juste au restaurant.

— Non, tout le monde dit ça, astheure.

— C'est juste pour niaiser.

— J'aime pas ça, niaiser !

— C'est juste des grands niaiseux qui font des niaiseries.

— Pfff…

— Des grands niaiseux nonos qui font du gros niaisage de nounounerie de niaiserie.

— Pfff… arrête, c'est même pas drôle.

— Non ? Pipi… caca… crotte !

— Pfff… NON ! HAAARRÊTE !

— Ça va être correct, punaise, c'est juste un nom pas vrai, comme dans une émission.

— NON !

— Arrête de crier.

— NON NON NON NON NON ! PIS TU RENTRES TROP TARD ASTHEURE ! J'HAÏS ÇA, LE RESTAURANT ! »

Il lui arrivait de m'attendre toute la soirée, de tourner en rond autour du pâté de maisons en se traînant les pieds. Et comme j'allais souvent prendre une bière avec la gang de la cuisine après les shifts de fin de semaine – ce qui me valait aussi quelques reproches de Sonia –, je me levais souvent très tard, et mes journées se retrouvaient bouffées par les deux bouts. Ma mère essayait tant bien que mal de me remplacer, mais Cindy n'avait qu'elle pour se venger ; c'est toujours ceux qui restent qui en prennent plein la gueule. Elle n'en voulait plus de ses maudits fruits même pas bons, ni aller dans sa maison qui pue ni parler avec elle, la grosse pas fine. C'est pour bien lui faire comprendre ça qu'elle ne s'éloignait pas de la maison et gardait les yeux rivés sur la porte.

« OK, on se calme, j'ai compris.

— Pfff…

— On va-tu au chalet ?

— …

— Bon, tu boudes encore.

— Néo.

— T'as même pas le goût d'un chocolat chaud sur le bord du feu ?

— Juste si y a des guimauves.

— J'suis pas sûre qu'y en reste.

— Mais j'en veux !

— Reste polie, arrête de demander. On ira en acheter au dépanneur, si y en a pus.

— Pis aussi une histoire de peur ?

— Laquelle ?

— Baba Yaga !

— Mais non, tu vas avoir trop peur.

— Même pas ! »

Le chalet était une idée de ma mère. Autour d'une chaufferette d'appoint installée dans le salon – le foyer – plongé dans une noirceur totale, on s'emmitouflait dans ma couette, collées comme des sardines, pour se prémunir contre le froid et les mouches. Dehors, une forêt dense nous emmurait, habitée par des loups, des lucioles et des farfadets. Pas d'araignées. Quand on peut choisir, pourquoi pas. Au-delà de la forêt, un lac plein d'hippocampes. Cindy trouvait ça plate, des truites, même arc-en-ciel.

« Je veux cinq guimauves.

— Non, on a dit trois. C'est des grosses, c'est assez, sinon tu vas vomir.

— Mais j'en veux plus !

— Baba Yaga adorait manger les petits enfants chialeux… »

Je choisissais toujours le bon moment pour allumer ma lampe de poche et la planter sous mon menton. En me donnant une mine horrifiée, j'arrivais presque à lui faire peur.

■

Comme nous en avions convenu avant le départ de Carole, je me suis attaquée au redécoupage de la salle à manger en traçant d'abord des plans à l'échelle pour respecter la réelle disposition des tables et pour inclure les éléments du décor nouvellement ajoutés. J'en ai profité pour redistribuer les sections de base, en fonction du nombre de serveurs déployés, tout en prévoyant la mobilité des tables les plus sollicitées sur des plans de rechange que je superposais grâce à un système d'acétates de mon invention. Ainsi, les tant convoitées 72 à 78, disposées le long des fenêtres, pouvaient être redistribuées dans une même soirée selon l'achalandage et le roulement de la clientèle. Je m'expliquais assez mal leur popularité, sinon par le fait que la lumière naturelle pouvait faire oublier la désolation du stationnement qui s'offrait comme vue. Le nouveau système demandait seulement que les rotations de sections soient respectées, ce que je surveillais en ma qualité d'assistante gérante. Comme j'avais pris soin de tracer les plans au Letraset et que Claudio les avait présentés et défendus depuis le début, personne n'avait soupçonné que j'en étais l'auteure. Il recevait personnellement toutes les critiques, défendait bec et ongles un système dont j'ignorais même s'il le satisfaisait. Évidemment, le rétablissement d'une certaine forme d'équité déplaisait aux plus anciens des serveurs qui se voyaient ainsi dépouillés de leurs privilèges jusque-là restés incontestés. Mais le brouhaha des heureux, joint au tintamarre de l'argent sonnant, avait bien vite enterré le cri des Anciens, soufflés par l'agressivité du socialisme qui s'installait.

Pendant ce temps, les clients se réjouissaient de la fantaisie italienne des lieux et surtout de l'intérêt que leur montrait le nouveau maître de la place. Claudio se faisait le devoir non seulement de les accueillir et de s'assurer que tout répondait à leurs désirs, mais offrait à chacun un petit moment d'importance qui prenait la forme d'un compliment chez les femmes et d'un retroussement de virilité chez les hommes ; celles-ci portaient toujours des vêtements qui les avantageaient et des coupes de cheveux qui les rajeunissaient, ceux-là étaient de généreux pères, amants, époux qui savaient vivre et gâter les leurs. Il avait une mémoire phénoménale qui lui permettait de se souvenir du moindre détail personnel qu'on lui confiait. Savamment récupérées, ces petites touches de vie permettaient à Claudio de traiter en amis de purs étrangers, technique particulièrement efficace chez les gens à la vie banale. Il n'était plus rare de voir des clients-amis rebrousser chemin quand, par malheur, Claudio s'accordait une journée de congé. Ils repartaient alors en murmurant, entre deux clins d'œil, des bribes de leur intimité :

« Tu lui diras que Pete, Pete *the* Zamboni, est venu à soir. Dis-y ça, y va comprendre. Je vas r'venir demain. Y va t'être là demain ?

— Oui oui.

— Dis-y ça, tu vas voir, y va comprendre tussuite.

— *Sì, Signore. Buona notte.* »

À la fin des soirées, souvent, quand je terminais la paperasse et réajustais les horaires du lendemain en fonction des imprévus, Claudio venait dans le bureau pour prendre le pouls, par les chiffres, de la journée. Il buvait des verres de blanc qu'il notait scrupuleusement dans le cahier des « promotions » pour tenir les comptes, et me laissait palper le tissu de ses chemises. Au troisième verre, généralement, il se mettait à parler en anglais, pour me raconter, camouflées sous les accents d'une langue d'adoption qui l'invitait à la confidence, des choses qu'il croyait secrètes, probablement inavouables.

« *You have to know*, Laura… *I'm… I'm…*

— Je sais.

— *Really, you know*? *You really know*?

— *Everybody knows*, Claudio. Je vois pas ce que ça change.

— Pour toi, rien, mais le boss de la chaîne serait mieux de pas l'apprendre.

— Pas pour vrai ?

— Bienvenue au Moyen Âge, ma belle.

— C'est de la soie, ta chemise ?

— Pas de la vraie, *honey.* »

Sa présence assidue tant dans la salle à manger que dans les cuisines lui a bientôt permis de découvrir que le panier était percé de partout. Une surveillance serrée des stocks avait révélé qu'il se perdait mystérieusement, tous les mois, une bonne vingtaine de litres de sauce bolognaise, cinq à six caisses de légumes de toutes sortes, quelques kilos de pâte, essentiellement des cannellonis, de nombreux colliers de saucissons et d'autres cochonnailles très québécoises censées jouer les italiennes. Dans la salle à manger, les affaires allaient au moins aussi mal : l'air du temps engloutissait une dizaine de litres de vin en fût et les bouteilles d'alcool semblaient arriver trouées par le fond, défaut que les becs verseurs électroniques ne semblaient pas en mesure de régler. L'inventaire révélait également que les desserts étaient très populaires, qu'on en servait abondamment, mais qu'on en vendait relativement peu. Tout le monde se rabattait, pour expliquer ces saignées, sur le fait que les pertes, c'est une chose entendue, sont très importantes dans un restaurant. Quand on compte tout ce qu'on rate, échappe, brûle, confond, oublie, les disparitions finissent à peu près toutes par s'expliquer. Les questions légitimes ne sont alors plus les mêmes ; on ne se demande plus où va le vin, mais si on fait suffisamment attention en le versant ; on essaie de déterminer lesquels des serveurs, par excès de générosité, n'ont tiré que six portions d'un gâteau censé en générer huit. Étonnamment, une fois mises en lumière, les irrégularités se sont doucement estompées, presque jusqu'à disparaître, comme si leur découverte avait amené les chiffres et la réalité à entrer en corrélation.

Dans les semaines qui ont suivi, pourtant, les vieux mécanismes ont fini par se réinstaller, sous l'œil d'un Claudio qui veillait au grain, tapi dans l'ombre du quotidien. Il n'est pas intervenu, s'est donné le temps de comprendre, d'étudier, de cumuler des preuves. Il ne manquait pas une seule arrivée de commande, aidait au transport des caisses jusque dans les frigos. Ses yeux se posaient partout, voyaient tout, les desserts qu'on « oubliait » de facturer, les portes de livraison qu'on ouvrait souvent pour « aérer » ou sortir fumer. Par délicatesse, il m'a toujours tenue à l'écart de son enquête, se retenant bien de me confier quoi que ce soit qui m'aurait placée dans une situation embarrassante par rapport aux autres. Il me demandait ceci, cela, un rapport de vente, un horaire, une feuille de paie, des bons de commandes, toujours enrobés de s'il-vous-plaît-merci, toujours en souriant gentiment pour ne pas laisser voir que sa chasse aux sorcières, au fond, le tuait.

Les employés fautifs ont ensuite été appelés, à tour de rôle, pour un petit tête-à-tête avec Claudio ; si certains en sont ressortis au bout de trois minutes, d'autres y sont restés des heures. Dina a pleuré, Luc a frappé dans le mur, Jipi a botté quelques chaises dans la salle des employés et Floria – qui s'appelait Blanche –, en me remettant son tablier, m'a prise pour un confesseur.

« J'avais pas le choix. J'suis en cour pour empêcher mon ex de voir ma fille, les crisses d'avocats de marde me siphonnent toute.

— J'suis pas au courant de rien, moi. Je m'occupe juste de la paperasse.

— Je punchais pas les cafés. Ça leur coûte rien, une poche de café. Y l'ont volé eux-mêmes à du monde pauvre en crisse, leur café, pour faire du gros cash avec. Fait qu'y méritaient juste de se faire voler.

— …

— Mais les crosseurs, y aiment pas ça, se faire crosser, c'est de même.

— J'imagine.

— Je vas trouver autre chose. Je me suis toujours arrangée.

— Ben oui, c'est sûr.

— Bye, Laura. T'es ben fine. Lâche pas l'école, OK ? »

Transformé en bourreau, Claudio officiait, la tête droite, jusqu'à ce que la porte du bureau se referme. Là, derrière, une fois caché, seulement visible par la petite meurtrière de côté, il la laissait tomber, sa tête, plombée par les douleurs infligées aux autres. Son menton allait se ficher dans sa poitrine comme un poignard. Il se détestait. Et c'est à grands coups de blanc qu'il chassait les brumes de ce sale boulot.

Dans le branle-bas de combat des remaniements qui ont suivi cette purge, j'ai laissé filer les postes de serveuses qui se libéraient. Mon tour viendrait, je ne devais pas m'en inquiéter. Le moment était mal choisi pour la transition, Claudio avait besoin de moi.

6

« Merde ! MAMAN !

— QUOI ?

— J'AI DES POUX, DES VIVANTS QUI SAUTENT ! »

Du revers de mon ongle de pouce, je venais d'écraser, sans d'abord comprendre d'où elle sortait, une minuscule bestiole atterrie sur le schéma de circuit électrique que je mettais au propre pour mon cours de physique. Une perle de sang barbouillait maintenant la position de l'ampoule.

« Ça se peut pas ! On a fait le shampoing spécial, on a tout lavé deux fois !

— C'est la petite crottée, encore !

— C'est pas de sa faute.

— Non, c'est ses innocents de parents qui s'en occupent pas ! M'as les tuer !

— Dis pas des affaires de même. Ça pique ?

— Non, ça saute !

— Montre… hum… ouin… oh… OK… Ben oui, c'est ça.

— Je travaille à quatre heures ! Je pourrai jamais y aller !

— Bon, reste ici, je vais aller à la pharmacie. Fais-toi un turban avec une vieille serviette pour pas en mettre partout.

— Mais ça marche pas, leur maudit shampoing à marde !

— On le laissera plus longtemps, on a peut-être pas assez attendu. Je vais faire un croche par le Sunoco pour avertir le père de Cindy.

— Y va tellement s'en contre-câlicer, ce gros colon-là !

— Sacre pas de même. Je reviens vite, bouge pas. »

Contrairement au pharmacien qui n'avait rien d'autre à suggérer que les shampoings habituels devenus inefficaces avec l'apparition de poux mutants (les fabricants de pesticides vivaient le même problème, on en avait parlé en bio), les filles des cosmétiques, rameutées par la détresse de ma mère, lui avaient vanté les mérites d'une solution finale imparable.

« Une teinture ?

— Apparemment que c'est assez fort pour toute tuer. Pis même qu'y pourront pus revenir, rapport qu'y pourront pus s'accrocher au cheveu après.

— Pourquoi ?

— Les filles m'ont dit que c'est à cause de l'enveloppe du cheveu qui est pus pareille après. Ça devient comme glissant. Faudrait que je demande à Louise comment ça marche.

— C'est peut-être vrai, t'as les cheveux teints, toi, pis tu pognes jamais de poux !

— J'ai pas une tête à poux. Même quand j'étais jeune, j'en pognais pas. Tout le monde en avait autour de moi, mais pas moi.

— Les gars peuvent se raser la tête, eux autres.

— Pour la longueur de tes cheveux, ça prendrait probablement deux boîtes d'après les filles.

— Prends-en dix si y faut, en autant que ça marche.

— Choisis ta couleur, pis j'y retourne.

— Qu'est-ce qu'y a dit, le père de la tannante ?

— Y m'a dit que Cindy a jamais eu de poux de sa vie.

— Osti de gros cave.

— J'y ai quand même donné une boîte de shampoing spécial. J'y ai dit comment ça marchait, y sait peut-être pas lire. »

Armée de la palette de mèches Nice'n Easy qu'on lui avait gentiment prêtée pour me permettre de choisir sans me déplacer, j'ai passé une demi-heure à me sourire devant le miroir en faisant défiler les couettes colorées sur mes tempes pour évaluer l'effet de la couleur sur mes yeux. J'ai appelé Sonia pour avoir son avis.

« ROUX ! C'est tellement beau, roux !

— Ça va ben trop paraître !

— C'est ça l'idée ! Tant qu'à se teindre !

— Je pensais faire châtain foncé pour être proche de ma couleur.

— Ouach ! *Come on*, c'est poche ! Arrête de faire ta sœur grise, tu te mets un beau blond cendré pis tu lâches ta maudite queue de cheval !

— Blond blond ?

— Oui, blond blond. Un beau blond. »

Une fois l'écume brunâtre comme un collet de bière noire bien rincée, la couleur est apparue dans toute son horreur, à des années-lumière du blond cendré qui faisait rire à pleines dents la fille sur la boîte.

« Panique pas, on va les sécher. On voit jamais la vraie couleur quand c'est mouillé.

— C'est jaune, c'est juste jaune… je pourrai pus jamais sortir d'ici.

— C'est pas si jaune que ça, t'es pas habituée.

— C'est jaune comme quand t'as envie depuis longtemps. »

Madame Louise a accepté de nous recevoir, même si son salon était fermé. Ma mère lui avait brodé un petit discours avec des mots épouvantails que je lui avais fournis, comme « avenir compromis », « détresse psychologique » et « idées sombres ».

« De la maudite cochonnerie de pharmacie ! Y faut décolorer pour avoir du blond, tout le monde sait ça ! C'est pas pareil que toé, Suzanne, avec ton auburn. Bon bon, au moins ç'a tué les poux, autrement je t'aurais pas prise icitte. Des poux dans un salon, t'imagines ? Loulou va t'arranger ça, fais-moi confiance. »

Elle avait aménagé une partie de l'appartement qu'elle occupait au sous-sol d'un immeuble, avec ses sept chats, pour recevoir ses clientes en toute clandintimité. Nous avions parcouru en auto les trois coins de rue qui nous en séparaient. Deux heures plus tard, après avoir cru que Louise utilisait de l'acide à batterie de char dans ses recettes de couleurs, j'étais désormais irréversiblement dépouillée – je le souhaitais très fort, du moins –, avec des cheveux d'un blond cendré presque naturel, coupés droit un peu sous les épaules ; le dernier pied n'avait pas survécu à l'action spectaculairement décapante du décolorant. Comme j'appréhendais les boudins serrés à la Nellie Oleson quand j'ai vu Louise brancher son fer à friser avec enthousiasme, j'ai refusé la mise en plis. Je n'avais plus le temps, de toute façon, on m'attendait au restaurant. Dehors, le froid de l'hiver attendait que je sorte pour glisser sur mon cuir chevelu mis à vif.

« Laisse-les détachés, regarde comme t'es belle ! Hein, Suzanne, qu'est belle ?

— Ça se peut pas… Ton père va tellement aimer ça, y a toujours aimé les blondes.

— As-tu déjà été blonde, m'man ?

— Ben non, voyons, j'ai jamais eu le visage pour ça.

— C'est quoi, le rapport ?

— Ça prend un beau visage, sinon c'est pas pareil. Toi, t'es belle…

— Maman… »

Au restaurant, où je suis arrivée avec une petite heure de retard, j'ai reçu plus de compliments que Scarlett O'Hara quand elle déboule sur les pelouses impeccables de sa Géorgie natale. Les yeux d'Estelle s'étaient embués en apercevant « toute la lumière » que j'avais « su'a tête tout à coup ». Les gars se sont relayés pour me faire une haie d'honneur de sifflements admiratifs de l'entrée de la cuisine à la salle des employés. Je les ai envoyés promener par principe, flattée. Devant le miroir brisé de la toilette des filles qui me kaléidoscopait le portrait, je me suis étudiée sous tous les angles. Estelle avait raison pour la lumière. Ça irait. Le rectangle chatoyant que le néon dessinait sur le côté de ma tête me donnait des airs de manga. J'ai remis une bonne couche de Valpolicella et j'ai levé le menton, comme le font les filles regardées.

À la fin de la soirée, je suis allée en ville avec les autres. Tant pis pour l'examen de biologie. Je me bourrerais le crâne à la dernière minute et je vomirais ça sur ma copie avant de tout oublier, durablement. Mes cheveux avaient envie de s'ébrouer sur une piste de danse, d'ajouter leur feu au scintillement moucheté d'une gigantesque boule de disco. Ils n'ont pas été déçus. Je dansais mieux grâce à eux, j'étais légère. Les regards coulants des danseurs se prenaient les pieds dans mes filets d'or. Je me sentais belle. J'étais belle.

Tout mon corps pulsait au rythme des vibrations de la caisse de son sur laquelle j'étais montée quand je l'ai vu. Une main sur la hanche, l'autre autour du cou d'une bière, il me souriait au pied de ma stèle, la tête légèrement rejetée vers l'arrière pour mieux me voir. Il m'avait reconnue, surprenant. Malgré la poix en suspension des mille danseurs en sueur, son col de polo refusait de plier l'échine. De l'index, il a pointé sa tête, qu'il avait belle, en fronçant les sourcils.

« TES CHEVEUX ?

— PAS EU LE CHOIX ! »

Même en criant à pleins poumons, on s'entendait à peine.

« À CAUSE DES POUX.

— DES QUOI ?

— DES POUX ! »

Je n'avais révélé qu'à Sonia la vraie raison de mon changement de tête. Face à lui, étrangement, les poux me semblaient moins honteux que le choix de devenir blonde. Je m'étonnais moi-même.

« J'AVAIS DES POUX, LÀ J'EN AI PUS !

— Y ONT PEUR DES BLONDES, LES POUX ?

— HA ! »

Je lui ai tendu la main pour qu'il m'aide à descendre et j'en ai profité pour retenir la sienne quelques secondes de trop – peau de fesse, lignes de main fines comme des rainures d'aiguille à coudre, jointures lisses, paume satinée, phalanges entières. Ça l'a amusé, sa joue s'est creusée. Ramollie par l'alcool et la fatigue, j'ai soudainement eu envie de m'asseoir, n'importe où, n'importe comment. J'ai posé la main sur son épaule pour me redonner de l'aplomb. S'il m'avait offert de me prendre dans ses bras et de fendre la foule pour m'amener dehors, comme dans les films, je l'aurais laissé faire.

« Merci pour le truc, l'autre jour.

— LE QUOI ?

— LE TRUC POUR LA RADIO !

— AH !

— Ç'A FAIT LA JOB EN ATTENDANT LES PIÈCES. »

Jean-Sébastien et son aura de sauce Alfredo sont apparus derrière moi. Les rembourrures de ses pectoraux surprotéinés ont accosté mon dos.

« ÇA VA, LAU ? »

Sa bouche était à trois pouces de mes oreilles, mais il criait fort pour être bien certain de se faire entendre de tous ceux qui gravitaient autour de nous. J'ai tiré la langue avant de me retourner vers lui.

« Ça va.

— Y T'ÉCŒURE PAS, C'TE CRISSE DE TAPETTE-LÀ ?

— Ben non, c'est un ami. Tout est beau. Retourne voir Julie. »

Avec un verre dans le nez, Jean-Sébastien cherchait toujours à protéger les filles, quitte à foutre le trouble pour avoir à le faire. Comme j'avais fait l'erreur de l'embrasser, deux fois plutôt qu'une, il se croyait en devoir de me défendre. Ce n'était pas une mauvaise pâte, mais je le préférais derrière ses fourneaux, là où les rushs de pizzas canalisaient son surplus de testostérone et camouflaient le défaut de serrage de certains de ses boulons.

« TON NOM ?

— LAU-RIE. TOI ?

— RO-MAIN.

— ROMAIN ?

— OUI ! »

Il a levé sa main blanche, l'air de dire « pas de ma faute ». Évidemment, les gars comme lui ne peuvent pas s'appeler Kevin. Ils ont de la classe jusque dans le baptistaire. C'était mon premier Romain, nonobstant ceux qui mangeaient des volées à la chaîne dans les *Astérix*. Un inconnu, sorti de nulle part, sans doute un ami, s'est pointé à côté de lui pour gueuler quelque chose en se faisant un porte-voix de ses mains. Romain lui a fait non de la tête. Le gars s'est tourné vers moi, m'a souri, « c'est bon, j'ai compris ». Après une accolade virile du bout de l'épaule, l'autre est reparti.

« EST-CE QUE T'AS FAIM ?

— FAIM ?

— OUI, COMME DANS POUTINE. »

Ma mère m'avait cuisiné un grilled-cheese au fer à repasser que j'avais mangé dans l'auto avant mon shift. Il était maintenant près de deux heures du matin. J'étais affamée, l'estomac loin des talons.

« OÙ ?

— ASHTON ?

— JE DIS SALUT PIS J'ARRIVE ! »

Évidemment, Jean-Seb a serré les poings quand je lui ai annoncé que j'allais manger une bouchée avec mon

« ami ». Il ne voyait pas d'un bon œil que je parte avec un gars, ami ou pas, tapette ou pas. Avoir su que j'avais faim, il m'aurait refilé un spécial JS à la fin de notre shift.

« TU M'EN FERAS UN DEMAIN.

— C'EST BEN MIEUX QUE DE L'OSTIE DE POUTINE.

— JE SAIS. T'ES BEN FIN. OCCUPE-TOI DE JULIA À SOIR. »

Il m'a fait le signe du diable en tirant la langue. J'ai eu une pensée pour les pauvres gars qui s'approcheraient de sa *pretty woman*.

Après avoir récupéré nos manteaux au vestiaire, en se frayant un chemin à grands coups de coude et d'enjambées inégales, Romain m'a offert son bras drapé d'un paletot marine pour qu'on puisse traverser, d'un pas coordonné, l'allée bondée qui nous séparait de l'entrée. Je n'ai pas réussi, le lendemain, à bien rendre la scène à Sonia ; elle ne voyait pas ce que notre banale échappée avait d'une comédie musicale. Fallait y être.

L'air glacial nous a pris à la gorge dès que nos corps ont traversé le mur de froid qui s'élevait derrière la sortie. De nos bouches s'échappait une fumée trompeuse, en harmonie avec nos vêtements imprégnés de boucane de cigarette jusqu'à la moelle du tissu.

« La neige crounche, y doit faire moins vingt.

— C'est parfait.

— Ha ! Parfait pourquoi ?

— Parce que les tiques meurent à moins vingt.

— Les tiques ? Les petites bibittes dégueulasses ?

— Oui, qui sucent le sang des animaux.

— C'est celles qui plantent leur tête, ça ?

— Oui, comme des autruches, mais dans le corps…

— Yark !

— Pis y a plein d'autres bibittes qui meurent à moins vingt. Très pratique. J'adore le froid.

— T'es un spécialiste des bibittes ?

— Indirectement.

— Les batteries de char meurent aussi. Ça, c'est moins *cool.*

— T'es une spécialiste des batteries de char ?

— Indirectement. »

Une meute de gars saouls qui titubaient derrière nous ont accéléré le pas pour nous doubler dans l'entrée du Ashton. Leurs mots criés se superposaient dans une bouillie hérissée de « MOÉ LÀ » et de sacres crémeux, « CÂOULICE ». Jean-Seb les aurait embrochés pour les faire taire ; Romain leur a souri. L'un d'eux, n'ayant pas réussi la manœuvre de dépassement, se tenait quelques pas derrière nous, marmonnant à ses mains nues des rots de bière flatte. Romain a ralenti.

« Vas-y, passe.

— NÉNON ! CCHPAS PRÉCHÉ. »

Il serrait les dents, on aurait dû se méfier. Un grand ressac a soudainement soulevé son corps, et sa gorge, comme un boyau d'arrosoir qui se bande sous la poussée de l'eau, a craché un formidable jet de vomi. Pour les vagues suivantes, qui se sont succédé même après que l'estomac n'a plus rien eu à pomper, il était à genoux, les paumes dans le gros sel.

« HÉ ! VOTRE CHUM EST MALADE ! »

Romain avait esquivé la queue du premier jet avec un pas de torero ; j'avais pris tout ce qui la précédait. La pâtée brunâtre maculait mon manteau en suivant une diagonale parfaite, de mon épaule gauche à ma cuisse droite. Les gars sont revenus pendant que Romain tentait, à l'aide de son foulard roulé sur son poing ganté, de faire tomber le magma visqueux que le froid cristallisait sur mon manteau en fleurs tristes.

« Arrête ça, tu vas scraper ton foulard.

— Ça se lave.

— HEILLE ! ON S'ESCUZE LÀ ! ON S'ESCUZE POU'LUI, OK ? C'T'UN BON GARS... CÉ PAS FASSSILE POUR LUI LÀ, DE CE TEMPS-LÀ...

— C'est correct, c'est pas grave. Laissez-le pas dans 'neige de même, y va se faire des engelures.

— MAIS Y VA ENGORE VOMIR... »

Des gros enfants saouls, mous de partout, la morve au nez.

« Amenez-le aux toilettes du resto ! *Callez*-y un taxi ! Laissez-le pas là ! Y doit pus avoir grand-chose à vomir de toute façon. »

En attendant que les neurones de ses amis se remettent en route, c'est Romain qui a traîné le malade à l'intérieur. Je l'ai attendu sous le lampadaire, dans le froid mordant, en regardant les langues de poudreuse enluminer la porte Saint-Louis au loin. Je n'avais plus très faim de toute façon. Impossible d'entrer où que ce soit avec une odeur pareille. Le premier taxi que j'ai hélé s'est tout de suite rangé. J'ai pensé au fascinant pouvoir des cheveux blonds. Romain est revenu vers moi au pas de course. Il voulait que je vienne chez lui, où on pourrait se nettoyer, retrouver l'appétit, jaser un peu, de bibittes, de chars, de tout.

« Je peux pas, je me sens dégueulasse.

— Je reste à cinq minutes.

— J'te connais même pas.

— Leduc, Romain, 21 ans, 1 mètre 81 ½, "O" positif, trois plombages en amalgame, récemment revacciné pour le tétanos, intolérant au fructose, couleur préférée : indigo, signe astrologique… banane.

— Pft ! Tu vas à l'université ?

— Toutes les fois que j'y pense. »

Le taxi a klaxonné.

« Veux-tu faire ton cinq minutes au chaud ?

— Non… merci. Je risque de pas vouloir débarquer. »

J'ai enlevé mon manteau pour en faire une boule, le côté nappé de dégueulis nauséabond à l'intérieur, comme une farce de dinde, et je me suis engouffrée dans l'habitacle surchauffé. Je pourrais peut-être épargner un peu le chauffeur. Romain a pianoté quelques notes sur la vitre. J'y ai collé ma main. Le compteur s'est mis en marche. Dans le rétroviseur, il a jeté son foulard à la poubelle, regardé le ciel et fait un 180 degrés avant de s'enfoncer dans la nuit.

« On s'en va où, ma p'tite madame ?

— En bas. »

7

J'ai entrouvert les paupières vers onze heures, tirée du sommeil par un babillage discret, « *brrrr, pit-pit-pit, chhhhh, pli, plia, pli, pla…* » Depuis le mince interstice que je venais de pratiquer, indétectable de l'extérieur grâce à mes cils encore épaissis par le mascara, j'ai observé la petite qui jouait avec ses mains. Sur le dos, les jambes repliées, elle les faisait tourner dans le rayon de soleil poussiéreux qui coupait la chambre. En respectant une symétrie complexe de son invention, elle faisait bouger ses doigts dans les airs, formaient des escaliers sans fin et des formes abstraites comme dans l'intro de *Bagatelle*. Partout autour d'elle, dans un douillet fouillis, reposaient les livres et les crayons que ma mère lui avait apportés pour qu'elle se tienne tranquille. Elle m'attendait, préférait être là plutôt qu'ailleurs. J'étais sa meilleure et seule amie. Dans l'ombre de mon sommeil qu'on protégeait comme une relique précieuse, elle vivait des heures d'ennui salutaire qui lui forgeait la patience, à petit feu. Il lui arrivait souvent de s'endormir en jouant, comme un bébé chat, au beau milieu d'un geste.

« Salut, tite tannante.

— Coudonc, tu dors toute la journée ! »

J'ai levé l'un des pans de couette, pour donner le signal qu'elle pouvait sauter dans mon lit.

« Merde ! Qu'est-ce qui s'est passé avec tes cheveux ? »

Elle s'est enveloppé la tête de ses bras maigrichons.

« Rien.

— Mon Dieu… montre, enlève tes bras.

— Néo. Laisse-moé tranquille.

— Tite tannante, tu pourras pas rester de même toute la journée, je vais finir par les voir, tes cheveux, fait que montre.

— Néo !

— Tu les as coupés ?

— Pas moé.

— Qui ?

— Ma mére.

— Ta mère ? À cause des poux ?

— J'AI PAS DE POUX ! C'EST LES MAUDITES CONNES DE L'ÉCOLE QUI EN A ! »

Ma mère s'est pointé le nez dans le cadre de porte.

« Ben voyons, qu'est-ce qui se passe ici ? Je pensais que vous dormiez !

— Maman, t'as vu ses cheveux ?

— Ben oui, j'ai vu, cocotte.

— Mais c'est épouvantable !

— C'est pas si pire que ça. Sa mère y a fait une coupe maison après le shampoing spécial. »

Boucherie. Le seul mot possible pour décrire le carnage. Une frange avait été taillée très inégalement à deux pouces de la racine des cheveux, « pour que ça dure plus longtemps ». De partout entre ses bras minces striés de griffures et de petits bleus pointaient des mèches hirsutes qui donnaient plus l'impression d'avoir été arrachées que coupées. Elle avait une tête de poupée massacrée, de celles qu'on jette parce qu'elles font peur. J'ai réfréné une envie de hurler.

« C'est beau pour les poux, j'ai vérifié tantôt.

— Ça y tentait pas de l'amener chez la coiffeuse, la maudite inno…

— Laurie… Venez les filles, j'ai fait un pain perdu.

— Yark ! J'aime pas ça moé, du pardu !

— Viens quand même, j'ai des kiwis. Pis t'aimes ça, du pain perdu, tu l'oublies d'une fois à l'autre. Pis ça goûte jamais la même affaire, ça dépend de ce qu'on met dedans.

— Pourquoi sont de même, tes cheveux, Laulau ? »

J'avais presque oublié. La trieuse d'images s'est mise en marche, faisant défiler, entre la teinture *cheap* et le taxi, tous les visages croisés.

« Parce que j'avais le goût.

— J'aime pas ça.

— T'aimes rien, toi, ça compte pas. »

On était arrivés à se faire croire qu'on pouvait combler, du moins en partie, ce que ses parents ne lui donnaient pas. On l'attrapait au vol, la remplumait de notre mieux et la libérait. Ce qui nous faisait autant de bien qu'à elle. Mais le saccage opéré sur sa tête nous rappelait avec violence le pouvoir absolu qu'ils conservaient sur elle et, du coup, notre impuissance totale à changer réellement l'histoire. J'aurais probablement dû retourner me coucher ; je me suis habillée en vitesse, enfilant le manteau de ma mère – le mien faisait un troisième tour de laveuse –, et suis sortie en courant.

Sans les voir, j'ai traversé les ruelles, les rues, l'asphalte explosé devant chez Cindy, l'escalier en colimaçon, le bourbier du balcon, la porte et la cuisine bordélique. Dans le salon enfumé comme un bar, une femme en robe de chambre roulait des cigarettes sur une table basse, devant un téléviseur où un animateur au teint vert montait une mayonnaise de la même couleur. C'était une femme sans âge, une jeune vieille usée aux yeux éteints, aux dents maganées, à la voix rauque. Sur sa tête pendouillaient des rouleaux mal solidifiés, comme si ses cheveux savaient qu'ils n'iraient nulle part. Son invertébré de mari n'était pas là.

« T'es qui, toé ?

— Vous auriez pu y payer une coupe de cheveux.

— T'es qui, câlice ?

— Laurie. Laulau. L'amie de Cindy. »

Des vêtements jetés en tas formaient une montagne sur le tapis élimé constellé de brûlures roussies. Des boîtes pleines de cassettes étaient à moitié éventrées dans un coin.

« Ah… C'est toé, ça. Je t'imaginais pas de même.

— Ça coûte deux paquets de cigarettes, une coupe de cheveux.

— Cette enfant-là a des vers dans le cul, à grouille ben trop pour aller chez la kéffeuse. On se fait chialer qu'on a des poux, pis chialer quand on s'en occupe !

— Y a une façon de s'en occuper.

— C'est pas de tes crisses d'affaires ! J'ai le droit de faire ce que je veux !

— Le problème, c'est que les crisses de folles comme toi devraient pas avoir le droit d'avoir des enfants.

— Décâlice d'icitte, sinon j'appelle la police.

— LA POLICE? APPELLE-LA, LA POLICE! JE VAIS LEUR DIRE, MOI, COMMENT TU TRAITES TA FILLE, JE VAIS LEUR DIRE QUE TU Y GARROCHES DES SAUCISSES HOT-DOG DU TROISIÈME POUR LA NOURRIR, COMME UN CHIEN, COMME UN OSTI DE CHIEN!

— SORS D'ICITTE, MA TABARNAK! SORS D'ICITTE!»

J'ai senti des bras puissants m'enserrer par-derrière et j'ai cru sur le coup que c'était déjà la police. J'ai donné un coup de tête. Mauvais réflexe.

«C'EST MOI! CALVASSE! C'est juste moi... calme-toi.»

Mon père et sa force tranquille. Un étau.

«DÉHORS! DÉHORS! DÉCÂLICEZ D'ICITTE, MAUDITE BANDE DE SAUVAGES!

— SAUVAGE TOI-MÊME! CRISSE DE SANS-GÉNIE!

— LAU! Calme-toé! T'as pas le droit d'être icitte.

— JE PEUX TE FAIRE ARRÊTER POUR ÊTRE RENTRÉE CHEZ NOUS!

— TA GUEULE! M'AS TE FAIRE ARRÊTER POUR DÉBILITÉ PARENTALE, OSTIE D'INNOCENTE!»

Une fois sur le balcon, mon père a relâché son étreinte. J'ai craché la bile qui venait de me refouler dans la bouche. Je piaffais comme une enragée.

«La petite nous regarde d'en bas, reste tranquille.»

Elle était là, au pied de l'escalier, avec ses bras maigres qui pendaient mollement dans son mauvais manteau et ses yeux cernés qui fixaient le vide, dans la brèche de néant que je venais d'ouvrir. Nos deux mondes pouvaient coexister tant qu'ils suivaient des lignes parallèles. Sinueuses tant qu'elles le voudraient, mais parallèles. En déviant de ma trajectoire, j'avais trahi nos calculs, rompu l'équilibre qui nous permettait d'être ensemble.

« Cindy ? Je voulais juste parler à ta mère…

— CINDY ! ICITTE ! MONTE TU'SUITE ! »

Mon père a posé sa main sur mon avant-bras en baissant les yeux. La petite s'est mise à monter, comme un zombie.

« Dis rien, Laulau, dis rien.

— Vas-tu revenir chez nous tantôt, Didi ? Hein ?

— CINDY ! ICITTE ! PARLES-Y PUS, À ELLE ! »

Je la suppliais de ma voix tremblotante à laquelle j'essayais de donner des inflexions de douceur. J'aurais tout donné pour rembobiner la scène et me retenir de courir ici. Ça ne servait à rien, je sais. Reste avec moi, petite sœur, ma petite poquée, reste avec moi.

« Demain, peut-être, Cindy ? Demain ? Je vais t'attendre… »

Elle est passée en m'ignorant, âme fuyante aspirée par l'autre voix.

« Laisse-la, Laurie. Faut s'en aller. On va se mettre dans le trouble. »

Une fois dans la ruelle, j'ai botté des poubelles, des bancs de char éventrés, des cadres tordus de vieux vélos, tout ce que la neige n'avait pas encore recouvert. Les mains dans les poches, mon père me suivait calmement, sans chercher à m'arrêter. Pour m'avoir souvent vue faire, il savait que je m'épuiserais bien assez vite.

« Ça va s'arranger, Lau, voyons.

— Non ! À viendra pus jamais nous voir ! C'est des ostis de caves, ses parents ! Des ostis de caves qui vivent dans un osti de trou à rats !

— Ben oui, à va revenir…

— Non, à m'haït astheure ! À M'HAÏT !

— Les enfants haïssent jamais longtemps. Y a juste les adultes qui s'entêtent là-d'dans. Même pour des niaiseries. Surtout pour des niaiseries…

— C'est pas une enfant normale, elle.

— Plus que tu penses.

— Fait chier !

— Viens, on va aller chercher ton char.

— Merde ! Mon char…

— Y est resté à 'job ?

— Ouin.

— Su'l'bord d'la rivière ?

— Ben oui, en arrière, comme d'habitude.

— On va aller voir ça. »

Les forts vents de la nuit avaient soufflé une fine poudreuse sous le capot de mon auto. Elle toussotait, refusait d'opérer le mélange gaz-oxygène qui aurait fait pétarader ses quatre cylindres. Mes supplications intérieures ne changeaient rien, l'humidité s'était glissée dans le système électrique qui rechignait à faire son travail.

« Faut pas que tu y mettes le nez face à 'rivière. La *draft* se prend de l'élan pis à charrie la neige dedans. Tes têtes de bougies sont noyées. Va fallouère qu'on reparte ça avec de la p'tite huile en attendant de les changer.

— T'en as ? »

WD-40, le perlimpinpin de mon père. Toujours à portée de main, comme le mouchoir de poche des grands-pères. Le nombre de petites misères domestiques qu'il éradiquait grâce à lui était incalculable. Encore aujourd'hui, c'est le meilleur détachant que je connaisse. Une fois les têtes de bougies bien arrosées, mon cheval s'est mis à ronronner, faisant tomber les grosses mottes de gadoue noire qui s'étaient accrochées aux garde-boue.

« On va passer par le garage, les gars font les *breaks* à Ron. Faut changer ton filage. »

Le propriétaire du garage laissait ses hommes ouvrir les fins de semaine pour des réparations personnelles, à condition qu'ils paient leurs pièces et le matériel nécessaire. Pour avoir eu des boss moins accommodants, les gars connaissaient leur chance et n'auraient jamais couru le risque de la perdre en oubliant de noter la moindre petite vis utilisée. C'était une loi non écrite que personne n'osait transgresser. Sur les portes rabattues, des cartons « FERMÉ » flottaient au vent pour décourager les seineux et les mal pris qui se cherchaient un garage ouvert un dimanche. La bière coulait à flots dans cette atmosphère détendue de parvis d'église.

« Ah ben tabarnak ! Marilyn est pas morte.

— *Fiiifou* !

— La belle visite à matin ! »

Avec mon humeur de vieille huile à moteur, j'aurais dû filer chez nous.

« Y a neigé dans le char.

— Tu y as-tu laissé le poitrail ouvert, coudonc ? »

La déferlante des *jokes* de blonde, plaisantes comme de la grêle en été, n'allait pas tarder à commencer. Sur le calendrier de tout-nues épinglé au-dessus du grand coffre Mastercraft, une femme se vautrait sur le capot d'une voiture sport *shinée* comme un sou neuf. Ses seins-lunes défiaient magistralement la gravité, ce qui aurait scié mon prof de physique, assez porté sur l'étude des astres. Je me suis demandé comment une fille pouvait en arriver là, aboutir à une telle déchéance, un tel anéantissement, quelles humiliations elle avait dû endurer pour finir par trouver acceptable de se geler le cul sur du métal froid afin d'enjoliver les murs crasseux d'un garage. Dans quels ailleurs lointains fuyait-elle, cette fille, pour trouver la force de sourire ?

« Tu sais-tu qu'est-ce qu'à dit la blonde quand on y demande si son clignotant de char marche ? Non ? Y marche, y marche pas, y marche, y marche pas, y marche… ha !

— Attends… Tu sais-tu pourquoi les cercueils de blondes sont triangulaires ?

— Na.

— As-tu déjà essayé de coucher une blonde sans qu'à l'écarte les jambes ? »

J'ai foncé tout droit sur le calendrier de pauvres filles crucifiées au mur et je l'ai arraché. Mois par mois, j'ai déchiqueté les fesses, les seins, les bouches sur papier glacé en petits morceaux incapables de rappeler ce qu'ils étaient. J'ai tout lancé autour et dans le *pit* pour qu'ils soient forcés de les piétiner pendant des semaines avant d'en venir à bout.

« Tabarnak ! T'es folle ! Quessé qui te prend ?

— À prend pas les jokes... »

Je lui ai montré l'image de février, la seule épargnée.

« Cette fille-là s'appelle pas Rosélita, pis à rêve pas de se faire fourrer sur un char.

— On fait de mal à personne, c'est juste une photo.

— JUSTEMENT ! C'EST PAS JUSTE UNE PHOTO ! C'EST PAS JUSTE UNE *FUCKING* PHOTO ! C'EST À ÇA QUE LES GROS CAVES QUI SE CROSSENT SUR DES CALENDRIERS PENSENT PAS ! VOUS VOUS EN CÂLICEZ ! »

Sur le sol, dans le cambouis et les retailles de vie mécanique, les bouts de peau diaphane des filles en lambeaux s'éteignaient dans les ténèbres. J'ai déposé Rosélita sur le coffre en la frappant du plat de la main.

« Calvaire, Laulau... »

Je n'ai même pas eu la force de m'excuser. Mon père trouverait quelque chose pour me couvrir. Ils n'ont rien ajouté, ça se voyait de partout que j'avais mangé de la vache enragée. Ces gars-là soignaient des tripes de chars en essayant de tromper l'ennui, comme tout le monde. À chacun sa bouée.

Ma mère essayait de lire sans y parvenir. Une grosse pile de livres parfaitement rangés occupait la moitié de la table de cuisine. Ses yeux couraient entre les lignes sans s'accrocher aux mots. Toute petite déjà, j'avais appris à deviner ses angoisses dans sa façon de lire : elle tournait les pages dans les deux sens, avançant et reculant, regardait la page couverture, demeurait le doigt collé sur une ligne qui n'était pas tant un repère qu'une sorte de paratonnerre qui lui permettait de rester *groundée.*

À table, autour de nos boulettes de steak haché cuites dans le beurre et nappées de petits pois noyés de sauce, on essayait de faire comme si tout allait bien. Dans mon assiette, un volcan de patates pilées retenait la lave brune qui n'attendait qu'un coup de cuillère pour se répandre et submerger le reste. J'y plantais jadis des bonhommes Playmobil qui tenaient une épée, un carquois, un verre de vin, un bouquet de fleurs. Devant moi, mon père tenait d'une main sa fourchette comme un marteau et de l'autre, sa bière. Il mâchait la bouche à moitié ouverte pour que « ça goûte plus ». En arrière-plan, le papier peint défraîchi frisait aux angles des murs. Ma mère m'avait servie dans l'assiette ovale de l'hôpital Notre-Dame, ma préférée entre toutes, avec sa belle bordure en or. J'ai même eu droit à la fourchette Air Canada aux dents impossibles à tordre. Comme j'étais vraiment dans une mauvaise journée, je pourrais manger le pouding aux yeux de ma mère avec la cuillère lourde. Nous l'avions achetée dans une vente de débarras organisée par la Société Saint-Vincent-de-Paul au sous-sol de l'église. Elle m'avait depuis rescapée des pires rhumes et gastros, même d'une ancestrale scarlatine. Je guérirais encore.

Malgré tout, comme une nausée soudaine, les mots que je peinais de plus en plus à étouffer se sont frayé un chemin jusqu'à la lisière de mon âme : « Trou à rats. Foutu trou à rats. »

■

Cindy est revenue quelques jours plus tard en sautant à deux pieds sur chaque marche de l'escalier en fer forgé ; elle devait porter des bottes à sa taille pour pouvoir faire ça. Ma mère s'est levée en mettant sa main sur son cœur, comme si Kateri Tekakwitha débarquait en personne, laissant le docteur Jivago atterrir dans la poussière du prélart. Sous sa tuque bien enfoncée, on ne voyait que sa bouche qui souriait à l'envers quand elle est entrée. Son menton tremblotait, de froid ou de peine, dur à dire.

« Salut, tite tannante.

— Pas salut. »

Elle m'en voulait, confusément, mais les reproches que j'attendais ne sont pas venus. Une fois libérés, ses yeux pleins de détresse se sont tournés vers moi. Elle était au bord des larmes.

« Mais voyons, qu'est-ce qui se passe, binette ?

— Tout le monde rit de moé...

— Qui ça ?

— À l'école.

— Pourquoi ? »

Une petite houppe de cheveux électrifiés s'est dressée sur sa tête une fois la tuque retirée. Ça m'a semblé pire que la première fois, impression que j'ai tenté de camoufler par un sourire doux.

« Ça paraît pas tant que ça.

— Mais tout le monde rit de moé !

— C'est quand même un peu spécial... »

Ma mère s'est empressée de lui offrir des carrés aux pinottes, des beaux raisins, des petites crêpes molles dans le sirop. La petite est allée s'asseoir sans se déshabiller ni enlever ses bottes pour manger ses collations. Ça sentait la consigne parentale. On ne lui permettait probablement plus de venir chez nous.

« Tu sais que je connais une madame qui répare les cheveux ?

— C'est même pas vrai.

— Cette madame-là fait de la magie. À pourrait couper les couettes qui sont plus longues ici, pis celles-là, qui sont... un peu trop carrées.

— Comment qu'à s'appelle ?

— Louise. Mais nous autres, on dit Loulou.

— C'est proche que Laulau.

— Tu serais super belle.

— Mais je veux pas qu'à les coupe !

— À va pas les couper, à va les arranger, c'est pas pareil.

— Ma mère à veut-tu ?

— Ta mère va être super contente que les autres arrêtent de rire de toi. »

Je n'avais jamais entendu ma mère esquiver une question avec autant d'aplomb.

Dans la chaise qui aurait pu asseoir trois Cindy, la petite se tenait au centre, bien droite, légèrement apeurée. Elle avait refusé d'enlever son manteau et qu'on lui lave les cheveux. Louise les avait légèrement mouillés en les vaporisant et s'était discrètement attaquée aux mèches asymétriques.

« Je veux pas que tu les coupes.

— Ben non, ma chouette, fais-moi confiance, je fais juste les arranger. Loulou va te faire un beau dégradé.

— C'est quoi, ça ?

— C'est une façon d'arranger les cheveux que quand tu vas passer ta main dedans, ça va t'être toute en petites étages, comme des ailes d'oiseaux. Tu vas voir… »

Je faisais disparaître les bouts de cheveux coupés en nid au creux de ma paume pour éviter de la faire paniquer. Officiellement, on ne coupait pas.

« On dirait que tu coupes.

— C'est juste tes pointes, ça compte pas. Faut enlever le bout sec pour que le cheveu soit doux. C'est pas du vrai coupage. »

En se voyant dans le grand miroir encadré d'ampoules à la fin de l'opération, Cindy est tombée d'accord avec le dégradé. Ses petits doigts osseux râtelaient les côtés pour voir les ailes s'étager sur sa tête.

« Aimerais-tu qu'on aille faire un tour de char pour montrer tes beaux cheveux ?

— À qui ?

— On pourrait aller…

— Voir Sognia !

— OK. On commence par Sonia. Pis après… hum… la boulangerie ?

— Poche.

— Ben non, t'aimes ça, y a les petites madames qui te donnent des gâteaux !

— Sont grosses.

— Faut pas dire ça, c'est pas gentil.

— Je veux un gâteau grenouille.

— Juste si tu le demandes pas, c'est pas poli. »

Comme prévu, ses parents, fidèles à eux-mêmes, n'ont rien remarqué. En agissant discrètement, nous allions pouvoir continuer de vivre en parallèle. J'apprendrais à m'en contenter.

8

Dès le printemps, mon petit cheval a commencé à montrer des signes de fatigue. Les pièces lâchaient, les unes après les autres, comme des fruits blets. J'avais beau bricoler des petites réparations maison ici et là – mon silencieux avait tenu trois semaines grâce à un collet de mon invention –, je finissais toujours au garage, sous les regards accablés de mon père qui se désolait de voir qu'il avait eu raison : ça coûte cher, une auto.

Le mécanisme de la porte côté conducteur a fini par rendre l'âme à son tour. Si ma voiture prenait feu spontanément, ce qui semblait désormais un scénario de moins en moins invraisemblable, il me faudrait littéralement péter l'une des vitres de l'auto pour fuir. Comme je ne voulais pas que mon père aille perdre un autre bout de phalange en démontant une porte en plein hiver – les pires blessures se produisent quand les doigts sont engourdis par le froid –, je me glissais discrètement sur le siège du conducteur après avoir déposé mes sacs sur celui du passager, comme si c'était tout naturel, fait d'un même mouvement. C'était si bien exécuté que mon père n'avait encore rien deviné. Je réservais désormais mes lifts à mes amis proches qui s'amusaient de la situation.

Et Cindy ne voyait rien d'anormal à ce que je fasse quelques acrobaties pour entrer et sortir de ma voiture ; on allait bien au Mexique à dos de serviettes.

Par un beau matin, alors que je m'apprêtais à me contorsionner pour me rendre à mes cours, Claudio est apparu au volant de sa voiture.

« '*Morning*, Laurie ! »

Il n'y avait aucune raison pour qu'un remonteur torontois traîne dans le coin. Encore moins un mardi matin, à sept heures trente. J'ai jeté un œil autour pour essayer de comprendre. Un gros matou galeux trimballait ses chairs meurtries au beau milieu de la rue, la queue à moitié dépoilée. Autrement, personne.

« Salut.

— As-tu deux minutes ?

— Euh… pas plus, j'ai un labo de chimie à huit heures.

— Oh ! Grosse dissection au programme ?

— Non, on dissèque juste en bio.

— Pis vous faites quoi, en chimie ?

— On analyse des échantillons.

— Échantillons de quoi ?

— Ça dépend des équipes.

— La tienne ?

— Steak haché.

— *Gosh* ! Je voudrais pas voir ça.

— Y a une équipe de p'tits comiques qui fait le sperme.

— Va falloir que tu m'en reparles. »

Il m'a fait un clin d'œil avant de coller le cul joliment profilé de sa MX-3 Precidia au trottoir. Il s'est dirigé vers moi, côté passager, à quelques pouces de mon visage. Nos yeux étaient de niveau.

« J'ai une offre à te faire. »

Le col parfaitement repassé d'une chemise violette se découpait sur le noir de son veston. Il sentait la lavande, pour l'accord couleur-odeur, j'imagine. Ses favoris épousaient la courbe complexe de sa mâchoire qui portait, comme des bijoux polis, un alignement parfait de quenottes immaculées. Une œuvre d'art. J'ai encore réprimé mon envie de le toucher.

« Une offre ?

— Que tu pourras pas refuser. »

Il ne pouvait pas me demander en mariage, pour un tas de raisons évidentes. Dommage.

« J'ai pratiquement fini mon mandat à Vanier, je pars cette semaine, samedi. Je m'en vais remonter un autre restaurant, le Manhattan, à Sainte-Foy. J'ai besoin de toi.

— De moi ?

— J'ai un gérant merdeux à remplacer.

— Gérante ?

— 500 $ semaine.

— Je comprends pas.

— Tu serais parfaite.

— À temps plein ?

— Oui.

— Mais j'ai le cégep. J'ai trois examens juste cette semaine, j'arrive déjà pas…

— Fais tes examens pis viens me rejoindre.

— ÇA VA, LAURIE ? »

Sur le balcon, en marcel jauni, mon père venait s'assurer que je n'allais pas accepter des bonbons d'un étranger.

« C'EST CORRECT, PAPA, C'EST MON BOSS !

— TON BOSS ?

— BONJOUR, MONSIEUR GAGNON !

— C'EST CLAUDE, LE REMONTEUR. JE T'EN AI DÉJÀ PARLÉ. RENTRE, JE T'EXPLIQUERAI ÇA TANTÔT. »

Les patrons ne se déplacent pas pour des riens. Ni pour quoi que ce soit d'ailleurs. D'un pas hésitant, mon père a quand même fini par rentrer. La moitié du voisinage avait le nez collé à sa fenêtre, désireuse d'échapper au marasme du quotidien par n'importe quel moyen, un french langoureux, une chicane de couple, un enlèvement.

« Je peux pas…

— 550 $

— Mais je veux pas travailler là-dedans tout le temps !

— 600 $!

— Je peux pas…

— 650 $, dernière offre. Tu pourrais faire réparer ton char. »

Il a souri des yeux. C'était un peu son métier, de tout voir. Et il savait que je n'avais aucune idée de ce que je voulais faire dans la vie, nous en avions quelquefois discuté autour d'un verre de blanc. J'ai pensé à mes parents, à leurs petits emplois sans issue, aux cours à scrap, au pot de chambre de ma mère, aux mains broyées de mon père, à la beauté fanée d'Estelle dans le faux décor italien.

« J'ai des chances de devenir serveuse bientôt.

— C'est ça que tu veux, être serveuse ?

— Pour étudier, oui, c'est tellement plus payant. Je pense partir en appartement avec ma chum l'année prochaine.

— OK d'abord, viens avec moi, je te mets serveuse au Manhattan. »

En haut. Je prendrais la 40, puis l'autoroute du Vallon jusqu'à Hochelaga en croisant, de part et d'autre, dans le dernier droit de la côte, l'Université morcelée en pavillons ; ceux pour les corps humains, d'un côté, ceux pour les plantes, de l'autre. Claude m'a donné rendez-vous le lendemain, sur l'heure du midi, pour faire un essai. Personne n'était au courant chez l'Italien. Un essai n'engage à rien. Je pouvais me permettre de manquer un cours d'histoire : le prof, livré à une forme de perpétuelle introspection, lisait passionnément son propre livre, celui-là même qu'il nous avait fait acheter.

■

Tout ce qu'il y avait dans ce restaurant s'accordait avec l'image du chic que je m'étais forgée grâce aux livres et à la télé : des hommes à cravate assis sur des banquettes de cuir capitonné discutaient dans l'ambiance feutrée des luminaires en cristal tout en faisant tournoyer la jolie robe d'un vin cher sur la fine paroi de leur coupe. Un tapis moelleux étouffait le son des souliers vernis qui allaient et venaient dans une salle spacieuse où l'on se pressait avec classe, les mains chargées de chateaubriands et de magrets de canard. J'ai murmuré l'une des lignes du menu pour y goûter : « La pomme Manhattan : pomme de terre en robe des champs farcie de crème sure fraîche, lardons et ciboule. » Les serveurs étaient beaux et souriants, le costume, classique, l'endroit, charmant. Même le nom du gérant, Philippe, était princier. Une femme assise au bar mangeait une salade de chèvre chaud aux noix de pin en tournant les pages d'un gros dossier, entre deux gorgées de vin blanc. La mère de Romain, peut-être. Au moment où l'image d'une beurrée à la moutarde de mon père est venue s'interposer, j'ai foncé vers le bureau.

Contrairement à ce qu'annonçait son nom, le gérant n'avait rien de l'homme affable et doux que j'avais imaginé. Quand je me suis présentée à son bureau, qui jouxtait les cuisines, bruyantes et bordéliques comme elles le sont toutes avant l'heure des repas, chic ou pas, j'ai eu l'impression que mon arrivée l'emmerdait royalement.

« Ah oui… c'est vrai, t'es la nouvelle… même si on a pas besoin de nouvelle…

— …

— T'as déjà fait du service, j'imagine ?

— Euh… non, j'ai jamais été serveuse officiellement, mais je débarrassais pis je servais souvent pour aider les filles quand je travaillais… »

Il s'est tenu la tête à deux mains. Mon système digestif s'est enrayé. Ma bouche s'est asséchée.

« Tu suivras Sandra pour le dîner. C'est la grande aux cheveux noirs. »

Mes lèvres collaient sur mes dents, j'étirais exagérément les mots pour pouvoir les prononcer.

« Euh… OK. Mais j'ai pas la cravate pis le tablier.

— Ah merde ! Écoute, là j'ai pas vraiment le temps, j'irai t'en chercher dans le *backstore* tantôt.

— Je la trouve où, Sandra ?

— Fais le tour. »

J'ai eu envie de lui dire que les petits culs merdeux comme lui allaient bientôt sauter.

Après avoir minutieusement arpenté la cuisine et la salle à manger, je suis finalement tombée sur une fille plantureuse aux cheveux noir bleu qui remplissait les réfrigérateurs derrière le bar. Comme tous les autres serveurs, elle était physiquement magnifique. À l'air de bœuf qu'elle m'a servi en guise de bonjour, j'ai pensé qu'on commençait par mon initiation.

« Je t'avertis, je splite pas mes tips quand je forme un nouveau.

— C'est ben correct.

— T'as-tu un *pad* pour les commandes ?

— Oui, mais j'ai pas de tablier.

— Demande à Philippe.

— Y va me le donner tantôt.

— OK. Go ! On a déjà des clients sur la 12, juste là. »

Elle m'a fait signe de la tête.

« On a la section E : 10, ici, 11, 12 pis 13. On prend aussi les trois petites de la section G sur l'estrade, là-bas. Les cabarets sont ici, les verres pis les pichets d'eau sont sur l'aire de service, juste là. Je te laisse aller leur offrir l'apéro. T'es capable d'offrir l'apéro ? »

J'ai pris un plateau sur lequel j'ai posé deux verres d'eau. Il s'était à peine écoulé dix minutes entre le moment où je mourais de trouille dans ma voiture et celui où je fonçais, la main tremblante, vers deux hommes en habit noir coiffés comme des mafiosi.

« Bonjour ! »

La conversation les accaparait complètement. J'ai attendu quelques secondes et je suis revenue à la charge.

« Bonjour !

— C'est pas la même chose avec une clause comme celle-là, tu pourras jamais faire valoir que le client pouvait pas se représenter…

— Hum hum… Bonjour !

— Mais c'est ce que je te dis depuis le début, faut pas les lancer là-dessus, y démordront jamais…

— BONJOUR ! »

Ils se sont arrêtés net, les sourcils ramassés en pain de poils au-dessus du nez. J'ai fait un mini pas à reculons.

« Qu'est-ce qu'y a ?

— Euh… pardon. Vous aimeriez peut-être prendre un petit quelque chose pour commencer ?

— Comme d'habitude, demande à Nancy.

— Ah… OK. Merci. »

Je suis revenue attendre Sandra tout près de l'ordinateur. Elle prenait des commandes sur l'estrade en souriant – rassurant, elle en était capable. Les dîneurs pressés venaient d'envahir la salle d'un seul coup et tout le monde se démenait pour contenir le flot des désirs : on voulait manger chaud, bon et tout de suite. Sandra est revenue pratiquement au pas de course.

« Qu'est-ce tu fais ? Suis-moi ! Je peux rien te montrer si tu restes collée ici. T'as pris la commande de la 12 ?

— Y m'ont dit "comme d'habitude", faut demander à Nancy.

— Ces maudits fatigants-là, ça se prend pour des ostis de *big shots*… Nancy est pas là pis je le sais pas, ce qu'y veulent, retournes-y. Prends la commande complète tant qu'à y être. Ton code de formation, c'est 8724. Tu connais Gamma ?

— Oui, on avait le même système…

— Parfait ! Attends-moi quand même pour pointer la commande, faut mettre les cuissons pis les sauces à part. »

Je suis retournée vers mes deux petits messieurs, la mort dans l'âme.

« Euh… excusez-moi.

— C'est pas grave, on y repassera les anciens, y s'en rendra pas compte.

— Pardon !

— Pis nos bières ?

— Nancy est pas là.

— Et ?

— Je viens prendre votre commande pour l'apéro. Et pour le reste. »

Dans ma très grande naïveté, je m'étais imaginé que ma formation comprendrait une minutieuse présentation du menu, comme on le faisait chez l'Italien. J'ai croisé mes doigts pour que les noms de plats soient en français, au pire en anglais.

« Un 8 onces saignant frites légumes p'tite en fût litre de rouge.

— *Same thing* pas de légumes. Splite le vin sur la facture. »

Débarrasse, petite emmerdeuse. Je l'ai entendu dans le mouvement de ses doigts qui ont balayé l'air. Je me suis dépêchée d'aller retrouver Sandra pour lui recracher les mots que j'avais retenus : saignant, onces, huit, rouge…

« Combien de rouge ?

— Un litre. Frites, fût, légumes.

— Quel format, les fûts ?

— Petit.

— Pis y mangent du *same thing*, ces deux ti-counes-là ! *Call* les bières pis le litre de rouge au bar, je te laisse les servir. Après, va voir les deux tourtereaux de la petite table sur l'estrade, la 24, avant qu'y se mettent su'a banquette. Quand tu reviens, on enlève la 13. Joey est dans le jus, on y prend sa 17. »

J'ai porté ma croix comme ça pendant les heures suivantes, ne sachant jamais où me mettre, quoi faire, comment tenir les choses. Mon corps n'attrapait pas le rythme. J'avais trop de bras trop de jambes et n'arrivais pas à les coordonner. Le bouchon de liège de la seule bouteille de vin que j'ai essayé d'ouvrir s'est cassé dans le goulot, à mi-chemin. Sandra me l'a pratiquement arrachée des mains. J'étais une empotée qui faisait suer tout le monde, même les clients. Le grand Philippe passait en coup de vent, volait d'une table à l'autre avec son faciès de bonheur plastique en m'ignorant ostensiblement. Je voulais partir, sauter sur mon petit cheval, dévaler la grande côte et me retrouver chez nous, loin d'ici, dans mon trou à rats.

Dans la minuscule salle des employés où on comptait les caisses à la fin du dîner, le cendrier débordait de mégots de cigarettes à moitié fumées. À tour de rôle, les serveurs s'éclipsaient pendant le repas pour venir « tirer une pof » d'une seule et même cigarette qui brûlait ; celui qui la finissait devait en allumer une autre, pour entretenir le feu éternel de la pause éclair. Comme je n'avais rien d'autre à faire qu'attendre qu'on me dise de disposer, j'essayais de les compter sans toucher au cendrier. Le défi me donnait l'air d'être occupée. Un des serveurs s'est approché pour me demander mon nom.

« Méchant rouge à lèvres, Laurie !

— Ah… c'est bordeaux.

— Tu vas être *bossgirl*?

— Non, serveuse.

— Ah oui? Me semble qu'on est déjà *over staff*! C'est quoi, cette affaire-là? J'ai déjà pas assez de shifts!

— Dis pas ça à Philippe, y va t'envoyer chier.»

Il s'est fumé, ce jour-là, 22 cigarettes de trois marques différentes et j'ai travaillé pendant deux heures et demie pour zéro dollar. J'ai refusé le billet de cinq tendu par Sandra, elle n'avait pas à payer pour me former, comme elle me l'avait laissé savoir en début de shift. Elle n'a pas insisté.

Le resto était *over staff*, on m'avait imposée dans une organisation qui n'avait rien demandé, surtout pas d'être espionnée par la petite protégée du remonteur dont l'arrivée ne plaisait vraisemblablement à personne. Si Claude se mettait à faire là un brin de ménage comme en bas, on m'accuserait à coup sûr d'être une taupe. *Persona non grata.* C'était la première fois que j'arrivais à décrire ma situation en si peu de mots. Je rêvais de retrouver la fausse vigne, et les clients qui se mettaient sur leur trente-six d'un goût douteux pour venir manger un spaghetti «au bolognèse».

Je me suis glissée dans ma voiture comme dans un bain chaud. J'ai barré les portes et me suis calée dans mon siège incliné, le temps de retrouver mon calme. Cachée dans un coin isolé du stationnement souterrain, j'ai pleuré comme une enfant.

Je n'ai pas eu le courage de passer voir Claude comme convenu. Au téléphone, son charme opérerait moins.

«Ça ira pas, pas pantoute.

— Pourquoi?

— Tout le monde m'haït.

— Je m'en viens faire du ménage.

— Justement, je vais passer pour la maudite *stoole* !

— Ben non, voyons…

— Pis y a pas de shifts de serveurs ! Tout le monde en veut plus !

— Y va en avoir.

— Les clients sont chiants !

— Des trous de cul, y en a partout. La clientèle du soir est pas la même, tu vas voir, c'est complètement autre chose.

— Mais c'est pas juste ça…

— Ah ?

— C'est pas pour moi.

— Quoi ? Le service ?

— Non, ben non. Ce genre de place-là. C'est trop… chic.

— Par rapport à quoi ?

— Je sais pas…

— À toi ?

— Peut-être, oui.

— T'es chic, Laurie. T'es chic dedans pis dehors.

— Ben je me sens pas de même.

— Faudrait que je te fasse voir ma psy.

— Pfff… Je vais rester chez l'Italien.

— Qu'est-ce que t'as pensé de Philippe ?

— Une ostie de face à claques. »

Ma mère n'était pas à son poste à la guérite. J'aurais tellement eu besoin de la cabane, de ses odeurs, de ses violettes, de ses caramels. Stéphane, le gars de soir qui la remplaçait, ne trouvait rien de rassurant à me dire.

« 'Était malade ?

— Non, *top shape*.
— 'Est où ?
— À l'avait un rendez-vous.
— Un rendez-vous de quoi ?
— Ah, ça, je sais pas, je pose pas ce genre de question-là. »

Son œil de vitre fixait quelque chose au-dessus de mon épaule. J'essayais de me concentrer sur l'autre.

« 'Est partie à quelle heure ?
— Ça fait un petit bout...
— À t'a appelé ou c'était prévu ?
— C'était prévu. À s'était mise toute belle... À va revenir tantôt.
— À va revenir d'où ?
— J'le sais pas, moé, c'est ta mère, tu y demanderas ! »

J'ai envoyé promener les impatients qui klaxonnaient derrière pendant que Stéphane me refilait une poignée de bonbons en formes d'outils – l'été venu, on n'en trouverait plus à cause de la chaleur – et j'ai filé au garage pour essayer d'attraper mon père.

Les gars travaillaient les portes ouvertes, même à quelques degrés au-dessus de zéro. Ils ne pouvaient plus supporter d'être cloîtrés, privés d'air et de lumière. Leurs têtes de mineurs surgies des bas-fonds cherchaient le soleil, buvaient la clarté tout autour.

Le calendrier des plus belles villes du monde que je leur avais offert pour me faire pardonner d'avoir déchiré leurs guidounes trônait au-dessus du Mastercraft. Barcelone arborait fièrement ses rondeurs.

« Mon père est-tu dans le coin ?
— Je fais deux piasses si y arrive dans trois.

— OK, je l'attends.

— Y a quelqu'un qui a laissé un message pour toi.

— Pour moi? Qui?

— Un client.

— Un message comment?

— Dans une enveloppe.

— Où ça?

— Va voir Ron.»

Dans le cockpit, Ron fumait une cigarette en feuilletant sa bible Honda, les yeux plissés pour se défendre contre la fumée qui remontait en lui léchant la face.

«Ben quin! Ma belle blonde!

— T'as un message pour moi?

— C'est vrai! Attends... c'est un gars qui est venu faire réparer sa radio.»

Il m'a tendu une enveloppe dont la blancheur achevait de se perdre sous les empreintes de doigts huileux. Le rabat collant avait été à moitié arraché.

«Vous l'avez ouverte?

— C'est Bob, juste un peu.

— Mais c'est pour moi!

— Y aurait pu y avoir quèque chose de dangereux dedans.

— Comme quoi? Du TNT? Crisse! C'est un bout de papier! Maudite gang de mémères...

— On prend pas de chance, y en a des malades.

— Pis, ça dit quoi?

— Je m'en rappelle pus.

— Donc tout le monde l'a lue, pas juste Bob?»

Il a fait semblant de ne pas m'entendre et s'est remis la tête dans son livre de pièces. Dans la crasse de la porte vitrée qu'on aurait dite peinte à la suie, j'ai tracé un gros doigt d'honneur. Je me suis ensuite dirigée vers le calendrier que j'ai soulevé sans ménagement. Les tout-nues étaient là, potiches de garage avec leurs moues affectées et leurs formes soufflées. Avril offrait son cul en s'agrippant au pare-brise, prête à subir les contrecoups de sa suggestion.

« Me semblait aussi...

— On les garde au chaud en dessous.

— T'as perdu ton deux piasses, Bob. Pis la prochaine fois que vous lisez mes affaires, ma gang de fouines, je vous arrache la tête ! »

De loin, je les ai entendus dire que la teinture m'avait mangé le cerveau.

« Au moins j'en ai un, MOI ! »

Je ne pouvais plus attendre mon père, la lettre me brûlait les doigts.

Je ne l'ai ouverte qu'une fois stationnée tout près du cégep. « Salut, J'ai oublié de te dire : ça te va bien, le blond. Je te dois une poutine. Quand tu veux. » Entre le message et sa signature, il avait fait une petite bande dessinée à quatre cases : une bonne femme allumette aux cheveux longs se tenait sur un cube avec un cercle au milieu – caisse de son ? – et levait les bras ; un bonhomme et une bonne femme se tenaient par la main sur ce qui devait être un trottoir, les lignes figurant probablement les joints de dilatation ; un gros bonhomme vomissait sur un bonhomme et une bonne femme à grands jets de stylo ; un autre bonhomme marchait piteusement – la tête était même décrochée du corps – à côté d'un carré posé sur deux ronds, lui-même surmonté d'un petit rectangle : taxi. Juste en dessous, un numéro de téléphone. Probablement celui du bonhomme sans tête.

Pendant mon cours de philo, où la chaude voix de monsieur Savary me donnait l'illusion, dans le microcosme d'une classe sans fenêtres bondée de jeunes adultes odorants, que le monde était rempli de grands penseurs capables de nous sauver de la bêtise en quelques phrases bien tournées, j'ai essayé d'oublier que je venais de me casser la gueule sur ma nouvelle job. Suivant les conseils de Montesquieu qui se déchagrinait par la lecture, j'ai lu et relu mille fois la petite lettre de Romain.

9

« Ma mère s'est fait un chum, tu devrais voir ça.

— Y est comment ?

— Y est con comme une palourde. Lette comme un cul.

— Qu'est-ce qu'à y trouve ?

— Y l'amène à 'brasserie la fin de semaine. À dit qu'y ressemble à Clint Eastwood.

— Ouach.

— Un Clint Eastwood qui aurait mangé une maudite volée, si tu veux mon avis… Pis y est fatigant avec ses histoires plates.

— À veut déménager quand même ?

— À commence à parler d'aller rester avec, dans sa maison.

— Où ça ?

— Où est-ce que ça reste, une bibitte de même ?

— Je sais pas, à Beauport.

— Non, dans le trou de cul du monde : Val-Bélair.

— *Fuck*…

— Voilà. Pas question que j'aille là.

— On va se trouver de quoi.

— On cherche-tu en haut ?

— Bof, ça va être plus cher, pis je vais être loin du resto.

— Clint dit qu'y peut m'avoir une entrevue pour travailler dans un resto.

— Où ça ?

— Ça s'appelle « Broue ».

— C'est pas une taverne, ça ?

— Ben non, y servent de la bouffe aussi. Des hamburgers, des clubs, des affaires de même. Y servent même des déjeuners.

— Ah, *cool.* »

On s'était monté un plan tout simple qui tardait seulement à se mettre en place : 1. Je devenais serveuse. 2. Elle prenait ma place d'hôtesse. 3. Elle devenait serveuse. 4. On vivait ensemble dans un bel appartement avec des cimaises aux murs et des moulures au plafond qu'on payait avec nos pourboires de serveuses. Pendant nos études, évidemment. Sonia rêvait de devenir comptable et de faire « de la belle argent », comme le lui suggérait sa mère ; moi, seulement d'éviter les branches dans lesquelles le mot « mécanique » apparaissait.

« Tu l'as-tu appelé ?

— Qui ?

— Innocente.

— Pas encore.

— *Come on*, la pisseuse, y t'a écrit une lettre ! »

■

Pour le dernier shift de Claude, la salle à manger était pleine à craquer. Le tapage assourdissant parvenait à peine à couvrir les cris nerveux des serveurs et des cuisiniers dont la patience et l'efficacité étaient mises à mal par l'achalandage. C'était un soir parfait pour le client qui voulait s'offrir une bonne bouffe sans payer. La confusion aurait dû lui permettre de s'échapper en douce. Aurait dû.

Vers 19 heures, Thérésa est entrée dans les cuisines en hurlant de rage.

« Le client de la 27 est pus là ! Le gars en complet avec la face rouge ! QUI A VU LE CLIENT DE LA 27 ? LE GARS AVEC LA FACE ROUGE ? Y A SACRÉ SON CAMP ! Y S'EST SAUVÉ SANS PAYER, L'OSTI DE CHIEN SALE ! »

L'homme s'était présenté seul, dans un étrange costume de soirée, et il avait demandé à trois reprises de changer de table. Il s'était stratégiquement positionné, c'est ce que j'avais fini par comprendre.

En entendant Thérésa, Claude s'est aussitôt lancé dans le stationnement en courant. Par la grande baie vitrée où les clients, avec la fluidité d'un banc de poissons, s'étaient massés, on le voyait rattraper le voleur qui louvoyait entre les autos. Jean-Sébastien, hygiéniquement casqué de son filet de cuisinier, s'était lancé à leurs trousses. Pour faire bonne mesure, Estelle murmurait des « Oh mon Dieu ! Oh mon Dieu ! » une main sur le cœur, l'autre sur le téléphone pour appeler la police pendant que Dalida chantait, dans les haut-parleurs canisses, l'histoire de Gigi au cœur de velours qui s'en va se fracasser le cœur en Amérique. Je suis sortie avec les cuisiniers et une poignée de clients tout à coup beaucoup moins pressés de manger.

Claude avait réussi à attraper l'homme et le tenait au sol en lui faisant une clé de bras. L'une des manches de son veston avait été arrachée durant l'empoignade qui avait précédé. On voyait mieux le délicat filigrane deux tons de sa chemise pervenche. L'un des boutons de manchette pendait mollement au bout d'un fil de couleur idoine.

« Arrête de bouger sinon je te pète la gueule, mon tabarnak !

— J'vais porter plainte ! T'as pas le droit !

— Ta gueule ! T'es rien qu'un osti de voleur !

— J'ai oublié de payer !

— Tu sais-tu c'est qui, qui paie, pour les trous de cul comme toi qui partent sans payer ?

— LÂCHE-MOI !

— C'est la serveuse, osti de lâche ! C'est elle, qui paie ta facture !

— C'EST COMBIEN, THÉRÉSA ?

— QUARANTE-NEUF PIASSES !

— Quarante-neuf piasses, gros crisse de porc !

— J'AI OUBLIÉ !

— TA GUEULE ! »

Personne n'osait dire un mot. Les gars de la cuisine avaient formé un mur autour de Claude.

« Sors ton portefeuille. Niaise pas, sinon Jean-Seb, les gros bras, juste là, va te dévisser la tête. Y fait du savon avec des gros lards comme toi.

— Je vais porter plainte ! Vous avez pas le droit…

— SORS TON CRISSE DE PORTEFEUILLE ! »

Dès que l'homme l'a eu en main, Claude s'est empressé de le lui prendre et d'en vider le contenu par terre, sans cérémonie. À notre grande surprise, il contenait près de trente dollars en papier et menues pièces, des cartes d'affaires de toutes sortes, une vieille clé et une photo à moitié déchirée, mais aucune carte de crédit, donc pas de quoi payer toute la note. Claude a pris l'argent, forcé l'homme à se relever.

« On prend ce que t'as d'argent pour l'instant, tu nous devras le reste, quand tu repasseras dans le coin, genre. À 'gang, on devrait être bons pour se souvenir de toi. Fous le camp avant que la police arrive. »

Il a déguerpi sans se retourner. À voir l'efficacité de sa foulée, on devinait qu'il avait une certaine habitude des sorties précipitées.

Claude a replacé ses vêtements – les morceaux de –, essuyé le sang qui perlait de l'une de ses narines et nous a fait signe de rentrer. Difficile de dire s'il s'était blessé durant l'altercation ou si les vaisseaux de son nez avaient éclaté sous le coup de la colère. Les policiers, arrivés tardivement, se sont fait remercier pour leur déplacement : il y avait eu méprise autour d'une histoire de facture qui s'était finalement réglée à l'amiable. Comme dans un livre pour enfants, chacun avait pris sur lui une partie des torts et accepté d'en assumer les conséquences. On aurait même pu croire qu'il y avait eu échange de poignées de main et tape dans le dos. Les policiers sont repartis en saluant, ignorant superbement et le veston déchiré, et les perles grenat qui mouchetaient la lèvre supérieure de l'accommodant patron, bien heureux de s'être épargné toute la paperasse qu'ils devaient se taper d'ordinaire pour ce genre d'appel.

La foule s'est à son tour dissoute en voyant le troupeau du personnel retourner à son poste. Chacun s'était approprié l'incident, l'avait assaisonné de détails plus croustillants que vrais jusqu'à s'en faire une histoire de pêcheur. Dans les plus délirantes déclinaisons, Claudio avait terrassé le voleur avec un *back kick* à la Van Damme.

Comme il n'avait plus très envie, ce soir-là, de jouer les parrains affables dans des vêtements inconvenants et de répondre aux questions des curieux, Claude s'est éclipsé dans le bureau pour faire taire, en éclusant quelques verres, la colère qui lui consumait l'esprit. Quand je l'ai rejoint, il avait déjà perdu de vue la fausse Italie noyée dans ses brumes éthyliques.

« Ça te fait un méchant beau dernier shift.

— Bah, j'avais envie de me gâter.

— Pas blessé ? »

Il m'a fait un petit non de la tête en me versant un verre pour qu'on puisse trinquer.

« Pis, le steak haché ?

— Dé-gueu-lasse. J'en mangerai pus jamais. Ça grouillait.

— Pis l'équipe de petits comiques ?

— Pas comestible, le sperme.

— Non ?

— Trop protéiné. Ça passe tout droit.

— Ha ! »

On s'est raconté comme ça mille et une petites choses insignifiantes qui nous ont tenus loin de cette fin qu'on se jouait à contrecœur. Il allait beaucoup me manquer, même si je ne trouverais pas les mots pour le lui dire. Les chances que le prochain gérant soit de sa trempe étaient à peu près nulles.

« T'es sûre que tu viens pas avec moi ?

— Na… Je le sens pas, là-bas…

— Laisse-toi pas impressionner, c'est juste une gang de ti-coqs. T'as du jus de coude à revendre, tu vas vite faire ta place.

— 'Est déjà faite, ici. »

Sa main a balayé son visage, comme pour chasser une mouche. Ramollis par le vin, ses traits cédaient à la fatigue.

« Tu vas t'ennuyer de mes belles chemises.

— Ça, c'est sûr.

— Pis moi, de tes histoires de garage.

— Je t'ai conté l'histoire de la lettre ?

— Non. »

Avant de quitter, il m'a demandé de réduire la facture de Thérésa à 30 dollars en inscrivant dans le livre des promotions le demi-litre de vin en fût du monsieur qui avait « oublié » de payer. Ça laissait quelques miettes pour le pourboire. Il était désolé.

« Tu sais où me trouver.

— Hum hum.

— Viens ici. »

Il m'a serrée très fort, très longtemps. J'ai inspiré un bon coup, laissé mes mains deviner ses omoplates de Terminator sous le tissu délicat. Je l'aimais d'amour, mon remonteur, malgré moi, malgré tout. Les histoires impossibles ont leur charme, elles laissent dans la mémoire un petit velours qui sert de reposoir quand la vie se fait trop rude.

10

« LAURIE ! Y A QUELQU'UN POUR TOI EN AVANT !

— POUR MOI ?

— OUI, UN GARS.

— C'EST QUI ?

— VIENS DONC ! »

J'y ai pensé sans le croire, jusqu'à ce que je le voie dans la salle à manger. Estelle s'est trouvé quelque chose d'urgent à faire dans la cuisine, comme les mères d'une autre époque qui devaient ménager des tête-à-tête pour que leurs filles puissent se marier. Je suis restée à plusieurs mètres de lui, les mains posées sur le ventre, pour ne pas que mon odeur de fin de shift vienne tout gâcher.

« Romain ? »

Il portait ce que ma mère appelait un sweatshirt marine sur une chemise bleu pâle. De la même couleur que le ciel qui avait plus tôt fendu la coulée de cendres qui ombrageait tout depuis quelques jours.

« Je me suis dit que t'aurais peut-être le goût d'une poutine. Ou d'autre chose.

— Comment t'as fait pour savoir que je travaille ici ?

— Euh… j'ai pas le droit de te le dire.

— Je peux-tu avoir au moins un indice ?

— Hum… OK. « Char ».

— Pfff… ben oui, la gang de mémères…

— Y a fallu que je les torture. Ç'a été l'enfer.

— Hum hum…

— C'est la première fois que je rencontre une fille qui a une demi-douzaine de pères. Si tu me dis que t'as jamais réussi à avoir de chum, je vais comprendre pourquoi.

— C'est lequel qui a faibli ? »

Il s'est mis à tousser. Exagérément.

« Ron ? Ça me surprend.

— Y a rien dit, j'ai deviné. »

Estelle s'est pointé le nez dans la porte battante. Elle a ravalé un petit « hi ! » avant de se replier.

« Ça tombe bien que tu sois venu, j'suis complètement écœurée de manger des pâtes.

— Poutine ?

— Mais j'ai pas encore fini.

— Je t'attends.

— Pis j'ai rien à me mettre, j'suis venue habillée en job.

— On prendra du *take out*.

— Pour le manger où ?

— N'importe où.

— OK. »

J'ai pris deux minutes pour fermer le bureau et une bonne quinzaine d'autres pour essayer de me redonner un peu de fraîcheur avec du papier brun mouillé et un peigne édenté abandonné sur le lavabo – dont j'ai scruté à fond les dents survivantes pour m'assurer qu'elles n'hébergeaient pas de lentes. J'ai mis enlevé remis réenlevé et reremis du rouge à lèvres, épaissi mes cils avec ma petite brosse à goudron et souri un peu, beaucoup, énormément, à la folie à cette face cernée dans le miroir éclaté; je ne pourrais rien de plus pour elle. J'ai imploré ma beauté intérieure de se déverser sur mes traits pour en magnifier la banalité. Le transfert opérait chez les femmes les plus ordinaires des livres de ma mère. Je le méritais autant qu'elles.

Au moins, j'ai pu entrer dans ma voiture par la bonne porte. Pour ma fête, que ma mère avait évidemment soulignée comme si j'étais la reine d'Angleterre, mon père avait magouillé avec les gars du garage, quelques jours plus tôt, pour kidnapper Petit Cheval et lui inoculer un peu de jeunesse. Ils avaient réparé le mécanisme de la porte, changé les freins avant et remplacé les essuie-glaces. Pichette lui avait même fait un shampoing avant de lui planter un chou de Noël en plein milieu du pare-brise, comme une fiente dorée, piètre imitation des annonces de chars où une femme – jamais un homme – se fait offrir une voiture neuve entièrement emballée. J'ai malgré tout failli pleurer tant j'étais touchée. Sur le banc passager, ma mère avait déposé, dans un beau papier fleuri, un service de vaisselle de type anglais. Absolument magnifique. En gardant les yeux rivés sur la fine dentelle peinte sur la bordure des assiettes, je ne serais jamais bien loin de la campagne de Jane Austen, peu importe le quartier où j'atterrirais avec Sonia.

Il habitait une maison, une vraie. Pas un appartement pris en sandwich dans un immeuble étriqué, mais une structure entièrement libre, percée de fenêtres de tous les côtés. Nous avons suivi un chemin de pierres qui en longeait le côté ouest et se divisait en deux. L'un menait à la cour, délimitée par une imposante clôture de bois sur laquelle se devinaient les pattes griffues d'un lierre ancien ; l'autre conduisait à une porte massive, dissimulée entre deux bosquets. Même si je ne voyais rien de la cour, j'ai pensé qu'on devait pouvoir y trouver, en été, un pavillon pour prendre le thé, des bancs aux pieds sculptés, des fleurs, des tonnes de fleurs parfaitement agencées selon les époques de floraison, des vivaces importées de tous les pays aux noms latins imprononçables, des roseraies impénétrables, peut-être même des arbres fruitiers, des trucs rares qu'un jardinier spécialisé bichonnait avec des gants en peau de lézard pour ne pas s'empoisonner. Les poutines que nous rapportions m'ont tout à coup semblé bien vulgaires.

« On va passer par en bas pour pas réveiller mes parents.

— C'est l'entrée du personnel ?

— Juste pour les femmes de chambre pis les hommes de l'entretien, comme le jardinier, le chauffeur. La majordome pis la nounou prennent la porte de service de l'autre côté.

— T'as encore ta nounou ?

— Oui, je l'aime trop.

— C'est mignon ! À s'appelle comment ?

— Mary Poppins. »

Sa chambre occupait presque tout le sous-sol. Seule une salle de lavage adjacente à la cave le privait de quelques dizaines de pieds carrés dont il n'aurait su que faire, sinon empiler encore plus de guitares qu'il n'y en avait déjà. Un petit salon était aménagé au fond de la pièce, par une ingénieuse disposition des meubles, où une lampe sur pied diffusait une lumière chaude et onctueuse. Les fenêtres étaient ornées de rideaux bleu gris ; les murs, de bibliothèques et de plantes en santé.

« Wa-ou. C'est grand.

— Oui, mais on est deux.

— Ah… y a juste un lit.

— On le partage. V'là l'autre, justement.

— Un chat ?

— Laurie, Jean-Paul. Jean-Paul, Laurie.

— Pauvre p'tit, y a juste trois pattes !

— Oui, c'est un bâtard trois quarts. »

La médecine vétérinaire, finalement, tout comme ses parents, c'est à ça qu'il consacrait tout son temps. Je me suis réjouie de ne pas l'avoir appris avant, j'aurais eu peur de m'intéresser à lui pour les mauvaises raisons. Pour donner le change, mon père travaillait dans un garage – gérant des pièces – et ma mère à l'hôpital, au soutien technique. On camoufle bien la rouille de nos jantes de roues avec des enjoliveurs.

« Ça y fait mal ?

— Non, c'est une vieille blessure de guerre.

— De guerre ?

— Oui, contre une moissonneuse-batteuse.

— Pauvre p'tit !

— Y s'en souvient pus.

— C'est un vieux chat ?

— Centenaire.

— Je peux le prendre ?

— Assis-toi sur le divan, y va s'occuper de toi. »

La bête encore endormie a sauté d'un bond sur mes genoux et s'est mise en équilibre sur sa seule patte arrière pour m'analyser le portrait, front d'abord.

« Les chiens commencent par en bas d'habitude, j'aime mieux la façon de faire des chats.

— T'es pas allergique ?

— Non. C'est toi qui l'as sauvé ?

— Avec un vrai vétérinaire, pendant un stage. On se demande encore comment y a fait pour survivre.

— Wow, un miraculé en plus !

— Une tête de cochon.

— Ça vous fait une belle histoire.

— Hum hum.

— Pourquoi Jean-Paul ?

— C'est ma mère, *Les dames de cœur*...

— Pauvre chat, te faire comparer à ce Jean-Paul-là !

— C'est un chat guidoune.

— Ha !

— Je peux t'offrir quelque chose à boire avec ta poutine, une bière, un drink compliqué avec des alcools forts, du vin blanc, rouge, bleu, un jus d'ananas...

— Du vin bleu ? J'suis partante. »

Pendant que je jetais un œil émerveillé sur la fabuleuse collection de livres de toutes sortes étrangement classés par couleurs, il m'a dégoté quelque part, en un temps record, un verre de vin bleu. Le sien était verdâtre, eau stagnante.

« C'est quel cépage, ça ?

— Du sauvischtroumpf.

— Ah. Pis le tien ?

— Grenouille-aligotée. Faut pas sauter de couleur, j'étais pas rendu à bleu. »

J'ai failli lui cracher dessus en m'étouffant. Il débitait des conneries avec un sérieux inébranlable. Plus je riais, plus il en mettait. Je devais manger ma poutine par mini bouchées, pour ne pas risquer de cracher ma bouillie de frites brunes en éclatant de rire. Et puisqu'il faut apparemment toujours boire dans le sens de l'arc-en-ciel, il m'a ensuite servi un verre indigo. Les réserves de colorants alimentaires allaient y passer. Le chat a fini par s'installer le long de ma jambe, tout à fait à l'aise, comme une loutre poilue sur une roche ensoleillée.

« Ton côté de cuisse a l'air confortable.

— On me dit toujours ça.

— Moi, c'est le dos.

— T'as le dos confortable ?

— Le dos de la main. De la main gauche.

— T'es gaucher.

— Non.

— Tu joues de la guitare ?

— Même pas.

— Sont à qui, les guitares ?

— À moi. C'est juste pour faire croire aux filles que je joue de la guitare.

— Ça doit pas marcher longtemps, comme mensonge.

— C'est étonnant, je réussis toujours à détourner l'attention. Pis c'est beau à regarder, des guitares. »

Il est allé farfouiller dans un tas de vieux disques en vinyle cordés dans une bibliothèque en bois foncé, au fond de la pièce.

« T'as encore des vieux disques de même ?

— Tu vois, t'as déjà oublié les guitares.

— On y reviendra.

— J'aime pas les cassettes, y a pas l'aiguille qui gratte la poussière, les petits *crishs* qui mettent du sel dans 'toune. C'est pas pareil… »

Le disque qu'il venait de déposer délicatement s'est mis à tourner. Il a déplacé le bras au bout duquel patientait la fameuse aiguille. *Toum… scht! toum, toum toum… scht! toum, toum toum toum… scht! toum, toum toum toum… scht! toum, toum toum toum… scht! toum, toum, toum toum… scht! toum, toum toum toum… scht! toum toum toum toum… scht! toum… When the night… has come…. And the land is dark… And the moon… is the only… light we'll see…*

« Madame… »

Romain se tenait devant moi, tout sourire. Son genou droit cassait à chaque coup de güiro. Sa tête suivait le rythme.

« Non non non…

— Mais oui, viens.

— Je sais pas danser là-dessus.

— Pas besoin de savoir. »

En attrapant ma main, il m'a doucement attirée à lui, à quelques pouces de son nez. Dans une position de danse d'une autre époque, il a doucement forcé mon corps à suivre le balancement suave des *toum… sht! toum, toum toum toum…*

« Je te montre un pas de base… *step* à droite, *step* à gauche, *rock step* derrière, *step*, *step*, *rock step*…

— Je l'aurai pas…

— Laisse-moi faire, laisse-toi glisser pendant les *toum toum toum… I won't cry, I won't cry, no I I I I won't, shed a tear…* mets un peu de tension dans ton bras…

oui, comme ça, juste un peu… pense à rien, suis-moi… ferme les yeux, tu vas mieux le sentir… *No I won't, be afraid, No IIII won't, be afraid, just as long, as you stand, stand by me, so darling, darling stand…* »

Pendant que Ben E. King me suppliait de rester près de lui, je me laissais conduire sans résister. Je ne connaissais rien de ces danses anciennes, sinon qu'elles demandaient un abandon totalement contraire à ma nature. Dans ses bras de sorcier, j'y arrivais presque.

Quand les derniers *stand by me* se sont éteints avec la musique, les grésillements du vinyle ont grignoté le silence de la pièce sombre. Le va-et-vient des voitures qui saturait habituellement le fond sonore s'était tu. Ou sévissait ailleurs. On se serait crus dans un sas de navette spatiale.

« Encore.

— La même toune ?

— Ça te dérange ?

— Non non non ! »

On l'a fait jouer une bonne douzaine de fois d'affilée. C'était une chanson beaucoup trop courte, on ne faisait que la rallonger un peu. Je gardais les yeux fermés et je *groovais* dans ses bras. Nos pieds se croisaient, s'éloignaient, se frôlaient, comme s'ils obéissaient à une vieille habitude. Ça devait même être joli à regarder, de l'extérieur. J'étais bien, affreusement bien, j'aurais pu me laisser bercer comme ça des jours entiers. Tout ce qui se trouvait hors de ce rond de tapis que nous piétinions en cadence m'indifférait totalement.

« Mon chou ? »

Une voix de femme s'est faufilée jusqu'à nous en syllabes suppliantes.

« Maman ? »

S'est imposée à mon esprit l'héroïne classique des romans d'amour de ma mère : taille fine, ongles manucurés, mèches de cheveux bien domptées, teint soyeux, grain de beauté centré sur la joue, robe de chambre en soie, chaussons agencés surmontés de pompons de poils. Tout à fait dans le genre à manger une salade de chèvre chaud dans un décor d'acajou. Pourvu qu'elle ne descende pas.

« Mettrais-tu une autre toune, mon chou ? J'arrive pas à me rendormir.

— Je t'ai réveillée ?

— C'est pas grave, mon bébé, mets juste autre chose, je vais me rendormir.

— OK ! Désolé !

— Allô à la personne avec qui tu es !

— Euh… allô madame ! »

Il s'est à moitié caché les yeux.

« Ma mère emploie le mot "personne", au cas où je serais gai.

— T'es gai ?

— Non, mais j'y ai dit une fois que je restais ouvert.

— Merde, on a réveillé ta mère !

— Mais non, c'est correct, on va juste mettre autre chose.

— Je me sens trop mal.

— Elle va se rendormir, inquiète-toi pas. Je vais nous mettre une toune avec des *doux doux doux* pour l'aider, pis je vais baisser le son. »

Il s'est empressé de sortir un autre disque de son enveloppe. Grésillements, *crishs* plus prononcés…

« Les *doux doux doux* arrivent après le premier couplet, écoute… *She says, hey babe, take a walk on the wild side, Said, hey honey, take a walk on the wild side… Doux, doux doux, doux doux, doux doux doux doux, doux doux, doux doux, doux doux doux doux, doux doux, doux doux doux doux, doux doux, doux doux…* »

On a recommencé à danser, les corps encastrés l'un dans l'autre, et à chanter en chuchotant jusqu'à ce que le soleil se lève. Les *doux doux* qu'il me susurrait à l'oreille me donnaient la chair de poule. J'ai pensé « contraction des muscles horripilateurs ». Certaines notions de bio tardaient à s'effacer.

Le soleil nous a trouvés là, en parfaite symbiose. Je ne voyais pas comment je m'y prendrais pour me désancrer de son corps. Les murs se sont embrasés d'un coup, faisant étinceler le vin magique qui s'était depuis longtemps réchauffé dans nos verres oubliés sur la petite table basse. J'étais ivre de tant d'autres choses. Aucun des matins que j'avais connus jusque-là ne m'avait autant donné envie que la nuit s'étire encore. Je gardais dans les miennes ses belles mains que je caressais.

« Va falloir que j'y aille.

— Pourquoi ?

— Parce que… c'est officiellement une autre journée. C'est de même dans les livres. C'est le gars ou la fille, mais faut que quelqu'un parte.

— Pourquoi ?

— Je voudrais pas que ta mère nous apporte à déjeuner.

— T'as pas faim ?

— Non.

— T'es fatiguée ?

— Un peu. »

Une ligne d'un blanc pur est apparue entre ses deux lèvres charnues devenues vermeilles à cause de la chaleur qui montait à l'assaut de la pièce. Il a collé l'une de ses pommettes mouchetées sur mon front.

« Tu peux rester dormir si tu veux.

— Vous êtes déjà deux dans le lit. »

Le trois quarts s'était depuis longtemps roulé en boule comme un escargot, la tête bien calée sous ses pattes croisées. On l'aurait confondu avec un toutou, ou un gros sous-verre poilu.

« Laurie ?

— Hum ?

— Je te garderais tellement avec moi… »

J'ai fixé ses lèvres, longtemps, en essayant de contrôler ma respiration. À deux cheveux de plonger, j'ai fait un pas en arrière. Je voulais que cette nuit-là existe, j'en avais follement besoin. Elle dépassait en tout les plus belles scènes d'amour que j'avais lues, vues. Il n'a presque pas insisté, m'a redonné mes mains en se taillant une fossette. Je l'ai trouvé terriblement beau.

J'ai enfoui mon visage dans le gros ventre mou du chat qui n'a même pas réagi, sinon en m'offrant davantage de superficie pour me perdre. Rester aurait été si facile. L'idée de ses belles mains sur mon corps m'a donné chaud.

« Prends ma veste.

— Je vais être correcte.

— S'il te plaît. »

La rue Saint-Jean était magnifiquement déserte. J'ai plongé à gauche, sur Côte du Palais, direction Limoilou, tout en bas. Le soleil se vautrait sur le toit de la gare. Les camelots filaient leur *run* en bâillant, les chats se cherchaient des trous tranquilles pour panser leurs plaies.

Ma mère ne dormait pas, évidemment. Elle faisait tourner un fond de café instantané dans sa tasse préférée, la main posée sur un livre écartelé. Une grosse tranche de lumière orangée coupait la cuisine.

« J'espère que tu m'attendais pas, maman ?

— Ben non, ma cocotte, je dormais pus. Pis le soleil est tellement beau, à matin…

— S'cuse-moi, j'aurais dû t'appeler.

— C'est correct, la prochaine fois. T'étais où, mon bébé ?

— Ouf… Je sais pas comment t'expliquer ça.

— Regarde-moi donc… t'as des petits yeux brillants.

— J'suis fatiguée.

— C'est juste ça ?

— Non… »

La trotte en Petit Cheval n'avait pas altéré la magie de la nuit. Je la sentais dans chacune des fibres de mon corps, dans les frissons électriques qui me piquaient la nuque et le bout des doigts.

« Ça se raconte pas, j'imagine.

— Au contraire, ça se raconte vraiment.

— Oh… »

11

Trois semaines après le départ de Claude, un vendredi midi, un avis de fermeture et de licenciement de tous les employés était placardé sur les portes de l'entrée du restaurant. À mon arrivée, un attroupement s'était déjà formé dans le stationnement. Dans une langue de bois truffée d'articles de lois et de précisions d'ordre technique, nous comprenions que c'en était fini de la fausse Italie, que nous n'avions plus qu'à repartir chacun de notre côté avec nos noms dépouillés et nos personnages sans rôle. Ils se feraient le plaisir de nous accueillir dans la grande Montréal où des succursales demeuraient ouvertes. Pas un mot sur les heures non payées qu'on nous devait. « *Fuck you,* bande de chiens sales », a crié Jean-Sébastien. Nous étions assez d'accord avec lui.

Les yeux morts, la sacoche pendante au bout de deux doigts-crochets, Estelle fixait le bar qui étincelait derrière l'une des grandes fenêtres. Elle se tenait hors du tumulte, claquemurée dans sa tempête intérieure.

« Estelle ?

— Hum.

— Ça va ?

— Hum hum.

— Y aurait pu te le dire, à toi.

— Ça aurait changé quoi ?

— T'aurais pu te trouver autre chose, suivre Claude...

— Claude m'a pas offert de le suivre, chérie. Le monde aime pas ça, les vieilles serveuses, ça coupe l'appétit. »

Elle continuait de parler à la porte sans me regarder. Même si ça me tuait, je savais qu'elle avait raison. Jus de coude ou pas, elle n'avait plus sa place nulle part. Je n'ai rien trouvé de consolant à lui dire. Les deux cours que j'avais abandonnés pour pouvoir faire plus d'heures en semaine me restaient sur le cœur. Ça n'avait servi à rien, sinon qu'à retarder mon entrée à l'université.

Quand Jean-Sébastien a réalisé que la banque d'heures supplémentaires qu'il plaçait en réserve venait probablement de disparaître, elle aussi, il est entré dans une rage folle. En reculant le plus loin possible pour augmenter sa force de frappe, il s'est mis à essayer de défoncer la porte à coups d'épaule, comme un bélier vivant. Mais les gonds et les verrous vibraient à peine, le cadre encaissait tout avec une forme d'élasticité rigide et Jean-Sébastien a fini sur le dos, les coudes écorchés.

Il s'en est alors pris à l'arche de briques qui tentait de donner une touche vieille Europe à la façade de l'immeuble bon marché. Il ne lui a pas fallu dix coups de pied avant que les premières fausses briques – des imitations cimentées sur des planches de contreplaqué – ne commencent à s'émietter en nuages poudreux. J'ai pris le bras d'Estelle, hypnotisée, pour l'entraîner plus loin afin d'éviter qu'elle soit blessée. Les autres s'y étaient mis aussi, mus par cette sauvagerie barbare qui commande si impérieusement les foules en colère. Des bouts de faux murs volaient de tous les côtés. Quelques minutes plus tard, l'arche tombait comme une statue déboulonnée. Une chute minable, à la hauteur de l'empire.

« Qu'est-ce que tu vas faire, Estelle ?

— Je vais aller me *pitcher* en bas du pont.

— Estelle...

— C'est des blagues ! Des blagues plates. De toute façon, je ferais pas ça de même, t'as ben trop de chances de te manquer. J'avalerais tout ce que j'ai de pilules, ce serait déjà moins risqué. »

Le bas de son visage souriait. Dans la lumière crue du jour, on voyait mieux son réseau de très fines rides que le fond de teint accentuait. Les pourtours de ses yeux et de sa bouche étaient comme ces fonds d'anciens lacs asséchés.

« Je vais faire jouer mes vieux contacts. Ça fait longtemps que je suis vieille, je commence à avoir l'habitude. Pis toi ?

— Bah... »

Tout le monde a déguerpi quand la police est arrivée. Les agents sont sortis lentement, le menton relevé, le torse bombé, les pouces plantés dans leur ceinturon de cuir bourré de tout ce qu'il faut pour survivre à un commando d'une semaine. Ils ont jeté un œil à la ronde, lancé quelques mots dans leur radio portative avant de se frayer un chemin, en soulevant péniblement leurs bottes à cap cirées, jusqu'à la lettre collée à l'intérieur des portes. L'un des deux a pointé le papier, l'air de dire deux et deux font quatre ; l'autre a pris des notes en plantant ses coudes dans son ventre pour se faire un appui. Ils sont revenus sur leurs pas. La voiture est repartie sans faire d'histoire.

Dans la cabine du Jean Coutu, Estelle a téléphoné à son mari pour qu'il repasse la chercher.

« Monsieur était pas de bonne humeur ! Pauvre lui, revenir me chercher…

— Tu pourrais pas prendre ta retraite ?

— Ma retraite ? Pis rester à 'maison avec c'te vieux grognon-là ? Je te mens pas, j'aimerais mieux faire des ménages, torcher des toilettes de prison, étiqueter du poisson dans une usine… »

Les violettes africaines pétaient le feu, le beau temps avait épaissi le poil des feuilles. Je me suis installée sur le strapontin.

« Je t'attendais pas ! Mon Dieu, qu'est-ce qui se passe ?

— Le resto est fermé.

— Y a une panne ?

— Y ont mis la clé dans 'porte, fini, tout le monde dehors, *ciao* bye, mangez de la marde.

— Ben voyons donc ! Ça se peut pas ! Y ont pas le droit de faire ça, non ?

— Pft ! Y font ce qu'y veulent, y brassent des affaires, y se câlicent du monde.

— Mais ton Claudio, là, y devait le savoir !

— Pas nécessairement. Y est parti depuis un bout.

— Tu parles d'une affaire ! J'en reviens pas. Quand ton père va entendre ça…

— Si t'avais vu Estelle, c'était tellement triste, m'man.

— Pauvre femme… »

Elle est devenue grave, son regard s'est perdu par la fenêtre. Ses paupières étaient recouvertes d'un fard vert tendre.

« Tu t'es maquillée ?

— Hein ?

— Tes yeux sont maquillés ?

— Ah ! Ben oui, des fois.

— Des fois ? Tu te maquilles jamais.

— Ben oui, des fois j'ai le goût.

— C'est nouveau, ça. L'autre jour aussi, remarque… »

Les rendez-vous, le maquillage… Un amant ? Pourquoi pas. À force de consommer de l'amour en vrac, son cœur s'était peut-être disposé à battre encore un peu. À moins que ce ne soit que le printemps, que l'envie de se faire belle, d'être vue.

« Tiens, prends-toi des poissons à 'cannelle.

— J'ai pas le goût.

— J'ai du pain aux bananes dans mon sac à lunch, mais j'ai pas amené de sirop pour mettre dessus.

— Veux-tu aller aux toilettes ?

— Merci, t'es fine, mais ton père est passé me remplacer tantôt. Si t'avais un peu de temps, Cindy aimerait ben ça que tu fasses de quoi avec. À s'ennuie. Ses deux palettes sont presque toutes poussées. Ça pousse tout croche, mais ça pousse. »

Elle s'est étirée pour faire payer un client en se faisant un appui d'une main posée dans son dos.

« T'as-tu mal au dos ?

— Ben non, je vieillis, ma chouette. C'est une des affaires ben fatigantes ça, on devient moins souple avec le temps.

— C'est pas bon, se pencher de même toute la journée, toute croche.

— Fais-toi-z'en pas pour ta vieille branche de mère.

— Tu pourrais aller voir un chiro.

— Hé ! J'ai des nouveaux livres. Pis j'ai déjà réservé le livre sur l'affaire de Madison, tu te rappelles, je t'en ai parlé ?

— Non.

— Y arrive en français dans pas long, je veux être la première à l'avoir. Ç'a l'air que c'est assez bon...

— Je viens de commencer *Bonheur d'occasion*. Faut que je le clanche.

— *Oh boy* ! C'est pas ça qui va te remonter le moral ! Un appartement gros comme une poche sur le bord de la track, un enfant malade, pis l'autre zozo qui s'enrôle... Pour aujourd'hui, prends-toi donc un Barbara, un petit trois heures, ça va donner une autre *twist* à ta journée, ça finit toujours bien.

— Je verrai ça.

— Tu vas-tu dîner à 'maison ?

— Oui.

— Tant mieux, tu vas pouvoir raconter ça à ton père toi-même, j'aime mieux ça. Y reste du pain de viande dans le petit Pyrex.

— OK.

— Fais-toi-z'en pas pour ta job, tu sais qu'on manque pas de sous. T'es pas obligée de travailler.

— Je le sais, maman.

— C'est triste quand même, t'aimais ça, ce restaurant-là.

— Hum hum.

— Déjà quand Claude est parti… As-tu des nouvelles de Romain ?

— On s'est parlé hier.

— Pis ?

— Pis quoi ?

— Vous allez vous revoir ?

— M'man, y est à Saint-Hyacinthe.

— Ça fait quoi, ça ? Ça empêche quoi ? T'as un char, lui aussi.

— Y est dans le gros rush. Pis moi aussi.

— Tu vas avoir du temps, là, si t'as pus de job !

— Je vais m'en trouver une assez vite. Faut que j'appelle Sonia d'ailleurs, à vient de commencer dans un resto.

— Je peux parler à Louise, si tu veux. Sa belle-sœur gère le restaurant du bingo, au Patro Roc-Amadour. Peut-être qu'à pourrait te faire une 'tite place.

— Maman, *come on*, le bingo… »

■

J'ai attendu Cindy à la fin des classes.

« Salut, tite tannante.

— Salut, grosse lette.

— Tu babounes encore ? T'es pas contente de me voir ?

— Je vas doubler.

— Doubler ?

— C'est Nadine qui dit ça.

— C'est qui, Nadine ?

— Une conne.

— Pourquoi à dit ça ? »

Du bordel de son sac, elle a tiré une feuille froissée, à moitié déchirée. Un 3/10 triplement encerclé sur un tas de mots péniblement écrits.

« Écris-tu avec la bonne main, coudonc ?

— T'es conne !

— Non ! Reste polie !

— Toissi !

— OK, on reste polies. Je veux pas de "t'es conne", on dit pas ça, à personne.

— Tu m'énerves…

— Pas ça non plus ! Pas de "t'es conne", pis de "tu m'énerves", sinon tu t'en vas chez vous.

— OK-e !

— C'était un examen ?

— Mais non.

— Y a une note, ça doit ben être un examen.

— C'est jusse une dictée.

— Y faut les étudier, les mots de vocabulaire.

— JE SAIS !

— Tu vas pas couler juste pour ça, mais faut que t'étudies…

— ARRÊ-TE !

— OK !

— T'es pla-te.

— T'avais pas quèque chose d'autre à me montrer, toi ?

— Néo.

— "d", "e", "n", "t"…

— TCHECKE ! »

Elle a souri en crispant tous ses muscles pour me montrer ses bouts de dents crénelées, inégales, déjà entartrées.

« Wow ! Sont belles ! Tu vas bientôt pouvoir manger des pommes.

— Beurk !

— Arrête donc, t'aimes ça, les pommes.

— Jusse les celles avec du citron.

— On t'en fera, des pommes au citron. T'aurais-tu le goût de faire de quoi de spécial ?

— Quand ?

— Là.

— Tussuite ?

— Y fait beau pis pas pire chaud, on pourrait partir en croisière.

— C'est quoi ?

— Un voyage en bateau.

— Où ?

— Je t'explique.

— Mais où-e ?

— Pas loin d'ici, on prend un bateau avec l'auto, on reste dans l'auto pour embarquer.

— Mais y va couler !

— Ben non, inquiète-toi pas, c'est fait pour ça. C'est un bateau spécial qui transporte des autos. Mais une fois sur le bateau, on sort pis on va où on veut.

— On peut se baigner ?

— Ben non, l'eau est trop froide, pis le bateau avance vite.

— Vite comment ?

— Vite normal.

— Poche.

— Y a plusieurs étages sur le bateau, on peut même voir le capitaine.

— Pour vrai ?

— Et pis y a... des machines pour s'acheter des cochonneries !

— JE VEUX Y ALLER JE VEUX Y ALLER... ma mère à veut-tu ?

— Tout le monde a le droit d'aller en croisière. Pis c'est juste une petite croisière, ça compte pas. On va revenir pour souper. »

Évidemment, le bateau était lette, le capitaine n'était qu'un bonhomme ordinaire même pas habillé en capitaine, la mer n'était pas assez large, mais elle a aimé courir d'un étage à l'autre dans les escaliers *full* à pic, avoir peur de tomber – et moi qu'elle soit emportée à la poupe par les rafales de vent –, regarder les albatros voler comme des princes des nuées dans l'azur sans battre des ailes...

« Neee ! C'est des gouélands !

— Ben non.

— Je le sais-e !

— Ah ouin ? Qu'est-ce que ça mange, des goélands ?

— Euh...

— Des frites. Comme chez Poulet frit Kentucky proche de chez nous. Y en a-tu des frites, ici ?

— Ben...

— Non, c'est de l'eau. Fait que c'est des albatros. »

... s'émerveiller de la grosse queue de poisson moutonnante que le bateau laissait dans son sillage et boire un bouillon de poulet trop salé de la machine qui prenait, hourra, les petits pis les gros sous. On a fait une escale sur le continent baptisé Vieux-Lévis avant de se remettre dans la file des voitures de retour pour Québec. Quand elle s'est rendu compte que le bateau sur lequel nous attendions de monter est reparti sans nous, elle s'est mise à paniquer. Il nous avait oubliées, il ne reviendrait pas, on ne pourrait plus jamais aller dans notre pays, sa mère la tuerait. Pour la calmer, j'ai quitté la file des voitures et nous sommes rentrées par le pont Pierre-Laporte qu'elle a presque autant aimé que le bateau.

« Tu vois, y a plein de façons de revenir chez nous. Faut que tu me fasses confiance. On serait pas allées là si j'étais pas certaine qu'on allait pouvoir revenir.

— Y est où, le pont d'Avignon ?

— En France.

— C'est où ?

— On ira demain.

— Y fait-tu chaud, en France ?

— Pas vraiment. Mais on mange des croissants.

— J'aimerai pas ça. »

12

Sonia m'avait donné rendez-vous au restaurant à 16 h 30 pour que je puisse rencontrer le patron avant le rush du souper. Même si elle ne travaillait là que depuis une dizaine de jours, elle m'avait obtenu sans problème un rendez-vous ; moi, en neuf mois chez l'Italien, je n'avais rien pu faire pour elle.

Devant l'enseigne du restaurant, je suis restée dubitative : une espèce de fille-poupée sculptée en tubes au néon tenait à bout de bras une pinte de bière deux fois grosse comme sa tête. Le rebondi de ses seins lui faisait une paire de fesses sous le menton.

Une grosse affiche de O'Keefe, également en néon, accueillait les clients dans une entrée glauque, sans main courante à frotter au Brasso. Ceci rachetait cela. Partout sur les murs, d'autres affiches de bière, des machines à sous, des jeux de dards clignotants, des miroirs poussiéreux. Une jeune femme qui transportait un rack à verres sur sa hanche l'a déposé sur le comptoir pour s'avancer plus librement vers moi.

« Salut ! C'est pour manger ? »

Je me suis retenue de lui demander quels étaient les autres choix.

« Non. »

Elle avait de très longs cheveux qu'elle portait détachés, parfaitement libres de tomber dans les assiettes et de s'envaser dans la sauce brune des hot-chicken – Sonia m'avait fait apprendre le nom des gros vendeurs pour que j'aie l'air de connaître la chanson. Ses paupières ployaient sous la double charge des faux cils et d'une épaisse couche de poudre lapis-lazuli. Son vertigineux décolleté révélait un bronzage uniforme. « Destiny », son nom sur la cocarde. Ça devait sonner très chic en français.

« Je viens voir Jean-Pierre.

— Attends icitte, m'as aller voir. »

Au bout de ses jambes extensionnées de talons de quatre pouces, ses hanches chaloupaient à contretemps au rythme de ses pas pointus. Difficile d'imaginer comment elle s'y prenait pour courir les bras chargés de torpilles pleines d'assiettes brinquebalantes pendant un rush. Devant elle, Sonia est sortie des cuisines.

« Hé ! T'es déjà là ! »

Elle nouait sa ceinture de service d'où sortaient un calepin, un trio de crayons. Pas de tire-bouchon. J'ai mis quelques secondes à comprendre ce qui clochait dans le costume.

« Jean-Pierre est pas arrivé. Comme je t'ai dit, y avait l'air super intéressé quand j'y ai parlé de toi.

— Wou ! Méchant décolleté !

— C'est le costume.

— Tu sers pas habillée juste de même ?

— Ben oui, pourquoi ?

— Approche. Tabarnane…

— C'est pas si pire que ça.
— T'as pas de brassière.
— Ben non.
— Pourquoi ?
— On en porte pas, c'est toute.
— Comment ça, on en porte pas ?
— Ah ! *Come on*, j'ai même pas de seins. Brassière ou pas, ça change rien.
— Mais on s'en fout, c'est pas ça, la question !
— Tu parles comme ma mère.
— JEAN-PIERRE EST PAS ENCORE ARRIVÉ ! »

Sonia a levé le pouce. Destiny ne se rappelait plus ce qu'elle faisait avant d'aller aux cuisines. Elle a repassé les portes battantes.

« T'as pas le droit de mettre de brassière ?
— Ben non, pas le droit. On travaille en boules, pis on s'en crisse, quand la lumière est tamisée, ça se voit pas. »

Sur le menu, trois filles-choses – une brune, une blonde, une rousse – me tendaient une grosse pinte de bière. Fonction de contact ratée, je n'ai jamais eu si peu envie de tendre la main. Ou de boire quoi que ce soit.

« Si ça se voit pas, pourquoi tu peux pas en mettre une ?
— On s'en fout ! Lâche ! C'est de même ! C'est toute !
— Viens. On s'en va.
— *Come on,* Lau…
— Prends tes affaires, on décrisse.
— Lau, c'est payant.
— C'est payant ? Danser sur un poteau aussi, c'est payant ! Faire des pipes, c'est payant !

— Hé ! Allô ! Je sers de la bouffe !

— À des bonhommes qui vont se crosser dans les toilettes entre deux bouchées de club sandwich en pensant à tes p'tits mamelons qui pointent.

— Franchement…

— Pis je gage qu'y te pognent le cul en passant, hein ?

— Fais ce que tu veux, faut que j'aille monter ma section.

— Hon ! Ben non, y font juste t'accrocher…

— Trouve-nous-en une, job de serveuse !

— On est pas obligées d'être serveuses.

— C'est toi qui dis ça ? Toi ? Pis on va le payer comment notre appart ?

— Je sais pas, mais pas de même. Y a toujours ben un osti de boutte !

— T'es devenue snob depuis ton vétérinaire.

— Snob ? Parce que je veux pas montrer mes boules à des vieux cochons ? »

Un homme avec une tête de Jean-Pierre s'est pointé. En s'approchant, il a laissé glisser sur moi son regard dégoulinant de concupiscence.

« C'est toé, la p'tite nouvelle ? »

Au troisième tour, ma langue s'est remise en position.

« C'est toé, le gérant pervers ? »

Sa moustache couvrait presque entièrement son orifice buccal, j'ai seulement entendu l'appel d'air entre les poils. Il a bombé le torse et contracté le diaphragme pour tenter un repli du ventre, en pure perte.

« Lau, t'es mieux d'y aller.

— C'est ton amie, la petite baveuse ?

— Viens-t'en, So.

— Personne est obligé de travailler icitte, on est dans un pays libre.

— Personne a le droit d'obliger des filles à travailler habillées de même.

— C'est pas un cours de catéchèse, icitte.

— Non ? Pourtant, ça doit être juste des vieux crisses qui viennent ici…

— Là, tu vas virer de bord pis sortir d'icitte en marchant vite vite vite, sinon le vieux crisse va être obligé de t'aider à sortir, ma belle.

— J'suis pas ta belle.

— Scrame ! »

Derrière lui, Sonia m'a fait signe qu'elle se sauvait par-derrière. Elle est passée devant Destiny qui sortait des cuisines au même moment. Quand je ne l'ai plus vue, j'ai tourné les talons et marché vite vite vite.

« JE PEUX PAS RESTER DE TOUTE FAÇON, FAUT QUE J'AILLE APPELER LES NORMES DU TRAVAIL. »

Il ne m'a pas suivie. Je lui ai quand même fait un doigt d'honneur dans mon dos, au cas où. Sonia avait déjà eu le temps de faire le tour et de me rejoindre quand je suis arrivée à la porte. On a sauté dans l'auto.

« T'es une ostie de folle.

— Merci. »

Dans un film, les deux filles se seraient enfuies en faisant crisser les pneus du char sur fond de guitare électrique en riant comme des démones. Dans la vraie vie, on écoutait une pub de pneus de char poche en roulant sur un boulevard d'une laideur inouïe, dans la mauvaise direction. Les nerfs m'avaient fait tourner à droite. Et Sonia m'en voulait. Malgré la fragile satisfaction que je ressentais en repensant aux pots que je venais de casser, je savais que j'allais devoir faire un peu de ménage.

« Je m'excuse, mais je pouvais pas, c'est venu me chercher.

— …

— Y en a plein d'autres jobs, So.

— …

— C'était quoi, son lien avec c'te place de marde-là, à Clint ?

— Je sais pas.

— En tout cas, y risque d'être barré.

— Pas grave, c'est un vieux crisse. »

Après quelques semaines de recherches infructueuses, j'ai fini par piler sur mon orgueil et rappeler Claude au Manhattan. Mais il n'y était déjà plus. La moitié de l'équipe avait été virée. Un débarquement en Normandie sans bavure. Philippe devait être tombé, je l'ai souhaité malgré moi. Personne ne savait comment contacter Claude. On ne me l'aurait pas dit de toute façon. « Ce sont des informations personnelles, ma p'tite madame, vous comprenez. »

■

Dans le gymnase double du Patro, des tonnes de tables avaient été alignées à peu près régulièrement sur le plancher de bois franc, reléguant les lignes colorées qui délimitaient habituellement les zones de jeu au rôle de motifs abstraits qu'on pouvait piétiner en toute impunité. Même si la criée des numéros ne commencerait pas avant une bonne quarantaine de minutes, les gens s'installaient déjà avec leur barda de bibelots censés attirer la chance – pour autant qu'on puisse appeler ainsi le fait de gagner une balayeuse portative en forme de souris ou une série de jarres à biscuits laides à hurler. Les petites madames – il y avait deux ou trois hommes invisibles – disposaient vis-à-vis de leur tapis de cartes des Marie en plâtre, des médailles à miracles, des babioles en poil et toutes sortes d'objets aux formes bizarres qui contenaient peut-être des dents de bébé, des mèches de cheveux, des cendres d'un proche. Bien que soutenue par un attirail de pacotille, leur piété n'en demeurait pas moins sincère.

« Ta soirée se passe de même : t'arrives à six heures, tu fais la mise en place jusqu'à six heures et demie, tu sers aux tables jusqu'à neuf heures et demie. Après tu fais le ménage des tables, des aires de service pis le remplissage de la cuisine avec les autres jusqu'à tant que ce soit plein à ras bord pis que la cuisine ait l'air d'une neuve, comme dans un cataloïlle. Tu sors quand toute est faite, entre dix heures et quart et demi. »

Madame Deslauriers était une femme équilatérale, aussi large que haute. Une femme tronc dont les formes s'étaient dissoutes depuis longtemps dans la masse uniforme et compacte de son corps.

« Les lavabos, c'est Hélène qui les fait, juste elle, tu touches pas. Watche-la faire par zemple, pour apprendre comment, ça m'étonnerait pas qu'à sacre son camp betôt : à veut suivre Cinthia, celle que tu remplaces. M'as te le dire, y savent pas comment y sont ben icitte… Sur ton

15 piasses de paie, j'enlève les erreurs de commande. Tu te trompes, tu payes.

— On peut-tu les manger, les erreurs ? »

Elle s'est tournée vers moi, comme si elle voulait voir si je méritais de manger.

« C'est-tu Louise qui t'a fait une belle tête de même ?

— Oui. Mais c'est fatigant, la repousse.

— Habitue-toi, quand tu vas avoir les cheveux blancs, t'auras pas le choix de les teindre. »

Madame Deslauriers se serait bien entendue avec Ron qui résumait ainsi sa philosophie de vie : « Dans'vie, t'endures, t'endures, t'endures, pis tu crèves. *That's it, that's all.* »

« Tu gardes tes *tips*. T'as déjà été serveuse, ce sera pas du chinois pour toi. »

J'avais servi sans le titre, elle le savait. Ça ne faisait pas de différence pour elle.

« Tiens, c'est la petite qui va te former. Écoute-la ben, c'est une petite vite. »

Elle devait à peine faire cent livres. Les cheveux blonds, pour vrai, le sourire plein de dents, enthousiaste comme si elle venait de remporter la balayeuse. Physiquement, elle me ressemblait, en petit format.

« Salut ! Moi, c'est Joe.

— Laurie. Je pensais que c'était Hélène…

— C'est moi, c'est comme mon autre nom.

— Ah… OK.

— Quand t'es nouvelle, tu prends la dernière rangée, celle du fond. Je le sais, c'est chiant, c'est plus loin, mais c'est de même, tu vas t'habituer, je l'ai fait longtemps, y a rien là. Tu laisses faire les clients des autres rangées, même si y t'appellent. Ça fait ben du monde quand même, t'as vingt longues tables pas mal pleines, moins pleines qu'avant mais quand même…

— Pourquoi ?

— Les clients meurent, sont vieux. Les jeunes aiment pas ça, le bingo.

— C'est *dull* à mort, je les comprends.

— Faut que tu te fasses un plan ou que tu penses à un truc. Moi, je fais trois colonnes : numéro de la table, le nom – je connais tout le monde –, la commande. Cinthia était pas capable de retenir les noms, fait qu'à mettait des affaires dans la deuxième colonne, comme « grosses boules » ou « triple menton ».

— Ha !

— Les gars de la cuisine *callaient* ça de même, « guedille aux œufs face à chier » ! Madame Deslauriers aimait pas ça. Mais Cinthia roulait plus que tout le monde, fait qu'à disait rien.

— Vous changez jamais de section ?

— Non.

— Ça vous tenterait pas de faire une rotation des sections pour que ce soit plus juste ?

— Non. C'est toujours le même monde qui vient jouer, c'est plus facile d'avoir les mêmes clients. Y commandent souvent la même affaire.

— 'Est partie où, Cinthia ?

— Dans un vrai resto.

— Où ?

— En haut. »

Ceux qui disent « en haut » viennent d'en bas. Ça s'entendait déjà très bien à ses diphtongues et à ses voyelles écorchées.

« Tu vas la suivre ?

— À va essayer de me faire rentrer quand on va pouvoir.

— T'as quel âge ?

— Proche dix-huit. »

J'ai retenu mon rire. En arrondissant, cette fille-là avait peut-être quinze ans.

« Tiens, ton plateau.

— Ça ? C'est un plateau de cafétéria…

— C'est ça, faut que tu le tiennes à deux mains. T'as le choix de passer par les marches ou par l'ascenseur. Moi je prends les marches, ça lambine trop avec l'ascenseur.

— Méchant détour.

— Fais comme tu veux, c'est à toi les oreilles. Viens, je te montre ta section. »

Dans le gymnase bondé, la foule s'excitait calmement. Une fois installés, les gens ne pouvaient plus bouger, le soin quasi maladif avec lequel ils avaient disposé chaque objet rendait les déplacements impossibles. Je pouvais donc déjà tracer au stylo le plan des tables et des places assises, dans une grille style Battleship, sur lesquelles seraient juxtaposées, au plomb, les commandes réduites à des codes très simples. Pour les commandes à plusieurs articles, du genre hamburger garni frite Coke, il me suffirait de former un atome ayant pour noyau le Hg (hamburger garni) et d'y greffer deux pattes, f et C. Une fois livrée, la commande serait effacée. Le plan de la salle aurait l'air d'un tableau périodique, mais serait un jeu d'enfant.

Mon plan béton m'avait donné un peu trop confiance. J'ai voulu faire ma fraîche en tenant mon plateau à une main, par en dessous, les doigts en pieuvre, comme s'il s'agissait d'un vrai. Mon humiliation a donc été à la hauteur de mes prétentions: j'ai tout renversé une première fois dans les escaliers, en une bouillie semi-solide, et une deuxième fois entre les tables 7 et 8, quand une petite madame a fait chavirer mon plateau en y prenant son café, pour m'aider; d'accord, oui, à deux mains. Mais cette sage résolution ne m'a pas empêchée de me retrouver à genoux après avoir glissé sur une flaque de glaces fondues – celles que j'avais négligé de ramasser après mon dégât numéro 2 – et de recevoir une poutine en pleine poitrine au moment où la porte du gymnase, dans un caprice inexpliqué, a brusquement décidé de se rabattre sur moi. Quand j'ai levé les yeux vers le tableau de pointage numérique, il n'était que 19 h 30. Hélène me lançait des regards de pitié.

« Tu t'améliores avec le plateau, quand même! J'ai replacé les stoppeurs de portes, tu te feras pus pogner. »

On ne peut pas s'en sortir en pleine jungle avec un morceau de plastique rectangulaire. Je me sentais un peu dépassée. Je n'ai pas fait un sou, ce soir-là, mais madame Deslauriers a accepté de mettre mon ardoise à zéro, elle qui ne pouvait concevoir qu'on doive payer pour venir travailler.

« Tu pourras les manger, tes erreurs, quand tu les garrocheras pas à terre.

— C'est juste les livraisons qui ont été difficiles... »

Ça m'a fait plaisir de la voir rire. La petite Hélène a tant insisté pour qu'on se partage une poutine familiale que j'ai fini par accepter.

« Y en a ben plus que si on prend deux poutines régulières. Je toucherai pas aux frites de ton bord avec ma fourchette, promis. Je le faisais souvent avec Cinthia. Tu mets-tu du ketchup ?

— Yark !

— *Good*, moi non plus. »

Nous l'avons mangée dans le stationnement, installées dans mon coffre de char ouvert, en écoutant de la musique. On s'est rendu compte qu'elle avait déjà livré les journaux chez nous « quand elle était petite ». Je ne m'étais jamais levée assez tôt pour la croiser. Elle avait quelque chose de touchant. Un peu comme Cindy.

« J'aimerais ça, avoir un char, moi aussi.

— Le char coûte pas cher, c'est l'entretien pis toutes les autres affaires à payer, le problème.

— J'ai pas encore de permis.

— T'as pas 16 ans, j'imagine.

— Presque. »

En endurant le bingo pendant quelques semaines, je pourrais au moins écrire « serveuse » sans mentir. Hélène ne partageait pas mes scrupules pour le mensonge.

Trois mercredis plus tard, alors que j'étais désormais en contrôle de la section 4 et que je connaissais déjà tous les noms de mes clientes par cœur, madame Tomassin, de la section 2, s'est tapé une crise d'angine au faîte de l'excitation de la foule qui lançait, à chaque nouveau numéro, des grands « Aaah ! » à cheval entre la déception et la joie. Les doigts usés de ces femmes qui avaient connu tardivement la machine à laver frottaient frénétiquement des pattes de lapin ou des bouts d'étoffe quand le brouhaha de la chute de la Tomassin s'était mis à enfler autour d'elle jusqu'à atteindre l'estrade de l'annonceur. On avait temporairement suspendu la partie, au grand dam des femmes impatientes d'atteindre la félicité sur terre : un fauteuil Elran en velours caca d'oie. Meubles Léon n'avait pas trouvé de daltonien pour l'acheter. Offert au bingo, il pourrait être classé dans les pertes. Avec un beau jeté, se disaient les plus sensibles, on oublierait sa couleur.

Les ambulanciers n'ont pas mis cinq minutes à rappliquer. Mes jambes sont devenues molles quand j'ai vu le balafré débarquer dans son bel uniforme. Celles d'Hélène se sont mises à trépigner de joie.

« *Cool !* C'est Fred !

— Qui ça ?

— L'ambulancier, le plus grand des deux, le plus beau…

— Tu le connais ?

— Oui, ça fait longtemps… c'est toujours lui qui nous sauve. »

Elle avait des airs de grande romantique extatique. J'ai pensé à Anne avec un « e », celle des pignons verts. Il fallait bien qu'ils existent, ces esprits exaltés, pour se retrouver dans les livres. Son « nous » semblait embrasser large.

« J'aimerais tellement ça, m'évanouir au complet…

— Pourquoi "au complet" ?

— Parce que je me suis comme presque évanouie une fois, mais j'suis pas vraiment tombée au complet. Pis c'est Roger qui m'a ramassée…

— Qui ?

— Mon voisin. Mais là y est mort.

— Ah. Ça m'est arrivé y a pas longtemps.

— Au complet ?

— Oui.

— Chanceuse ! T'étais où ?

— Dans une église.

— Oh *my god* !!! C'est tellement une belle place pour s'évanouir ! Oh wow... avec des vitraux, de l'orgue pis toute... Qu'est-ce qu'y est arrivé ? »

Je n'ai pas voulu péter sa balloune. Ça me semblait injuste d'avoir tout eu, le parfait évanouissement et le sauveur adulé.

« J'suis tombée à terre.

— Pis après ?

— Je me suis relevée.

— Tu t'es fendu la tête ?

— Non, j'suis assez bien tombée.

— Pis après ?

— J'suis rentrée chez nous.

— Plate. Au moins, tu t'es pas pissé dessus. Ç'a l'air que ça arrive. »

Ils ont emballé la malade à une vitesse éclair avant de la glisser dans l'estomac de l'ambulance. La mort ne devait pas les talonner, les sirènes sont restées silencieuses. Le balafré a salué Hélène avec un rond de pied très théâtral. Il ne m'avait pas reconnue. Les cheveux, j'imagine. L'interlude, bien que court, avait modifié l'alignement des astres et détourné la chance, s'insurgeaient ceux à qui avait échappé le gros lot. La vie est injuste. Endure et crève.

13

J'ai stationné mon auto deux rues plus loin, je ne tenais pas tant à ce qu'on me voie arriver. Une fois devant l'adresse que Romain m'avait donnée, j'ai zigzagué entre les voitures stationnées dans l'entrée de garage triple en essayant d'ignorer les courbes distinguées de leur cul d'acier qui me révélaient à la fois leur pedigree et leur prix. Les gars du *pit* auraient salivé. J'ai laissé mon doigt glisser dans la poussière de la GTI, sur la porte côté conducteur, avant de le frotter sur mes jeans.

Une haie de cèdre vertigineuse délimitait la cour savamment aménagée. Les dalles de pierre au sol formaient une queue de comète qui s'épanouissait sur une cascade de vivaces en résurrection avancée pour ce début d'été. Des lampadaires de revue, aux quatre coins du jardin, projetaient une lumière ouatée qui filtrait du chaud sur les silhouettes et les meubles harmonieusement disposés. Une rangée d'immenses pots de fleurs rétroéclairés menait à une pergola érigée en plein milieu de la cour. Des chauffe-terrasses au propane, comme ceux utilisés par les bars, diffusaient de la chaleur sur les petits groupes entassés sous leur coupole dorée. Plongée dans les ténèbres du mur ouest de la maison, couvert de vraie vieille vigne, j'observais la scène sans être vue. Le bout de mon pied est devenu jaune une fois dans la lumière ; je l'ai noirci en le ramenant vers moi.

L'une des mains de Romain tenait une bière, l'autre lui donnait un style décontracté en se contentant du fond de sa poche. Devant lui, une fille à la crinière charbon racontait quelque chose d'amusant avec sa main ; l'autre tenait un verre de vin blanc. D'un mélange de cépages rares, assurément. Presque aussi grande que lui, elle avait la taille très fine, le teint vitaminé, les yeux immenses, pâles. D'une écrasante beauté. D'une présence suffocante. Ses bagues attrapaient des copeaux de lumière qu'elles réverbéraient en lamelles scintillantes dans la nuit. Une autre fille, vêtue d'un chandail en minou blanc, lui a mis la main sur l'épaule. Deux secondes de suspens. Ses boucles bougeaient à peine. Elle disait quelque chose d'important, la tête baissée, les yeux relevés. Puis tout le monde est parti d'un grand rire en s'arc-boutant vers l'arrière, soufflé par ce qui devait être une blague. J'ai reculé de deux pas. Je ne l'aurais pas comprise. C'était peut-être une blague en anglais avec des expressions peu usuelles, quelque chose m'aurait échappé. J'aurais eu l'air conne. Conne, laide, insignifiante. Mon nom était ce que je portais de plus beau. Ça faisait peu pour débarquer dans un party peuplé d'inconnus pétillants de beauté et d'intelligence. Je n'y arriverais pas.

« Salut !

— Ah ! Mon Dieu !

— S'cuse-moi, je voulais pas te faire peur.

— Non non, c'est moi, je… »

Une vraie blonde avec un teint de lait, des dents irréelles, blanches et parfaitement disciplinées, des lèvres en bonbons. Même dans la pénombre, elle phosphoresçait. La bordure de ses cils devait être rose, ses yeux, presque translucides, je les voyais à peine. Une fille méduse.

« Tu cherches quelqu'un ?

— Euh… non.

— Moi, c'est Florence.

— Oh…

— Toi ?

— Laurie.

— T'es une amie de Bernard ?

— Non. Je le connais pas.

— On est chez lui.

— Ah !

— T'es venue avec qui ?

— Euh… je viens rejoindre Romain.

— Attends ! T'es la fille du garage ? »

Le sol s'est ouvert et je suis tombée dans le trou, grand et profond comme le *pit*. De l'extérieur, je me suis entraperçue, à travers les vitres crasseuses du cockpit. Mon cœur s'est décroché, mes poumons se sont affaissés et le reste a suivi, dans une dégringolade intérieure silencieusement vertigineuse. Une marée d'huile s'est engouffrée dans ma tête, me noyant à l'envers, de haut en bas. En surface, l'enveloppe a tenu le coup, j'ai réussi à sourire. Je me suis brodé une esquive facile.

« J'ai oublié de quoi dans mon char, je reviens.

— OK ! À tantôt ! »

Les ténèbres m'ont recrachée sur l'asphalte neuf de la rue déserte. Seules les dénivellations ménagées autour des bouches d'égout en brisaient la ligne parfaite. J'ai couru jusqu'à Petit Cheval sans me retourner. Avec un peu de chance, on attendrait sagement que je revienne de mon char.

Une fois dans le stationnement du Patro Saint-Vincent-de-Paul, en surplomb au-dessus de la ville Lite-Brite, je me suis jetée en esprit dans le décor et j'ai fait jouer en boucle *Violator*, de Depeche Mode, le temps de me calmer. Je suis rentrée chez nous à marée basse, l'esprit embrumé.

« Mais non, y s'est rien passé.

— Romain te cherche partout !

— Y a appelé ici ?

— Ben oui, y dit que quelqu'un t'a vue au party, mais que t'es repartie tout de suite…

— Je sais, c'est compliqué.

— On s'est mis à s'inquiéter quand on a vu que tu revenais pas ici non plus. Ton père a *callé* Jingle, les gars du cibi se sont mis à te chercher…

— Ah non ! J'suis allée, mais j'suis pas restée, je me sentais pas bien !

— Pas bien comment ?

— Mal au cœur…

— T'aurais pu le dire à Romain, t'étais là.

— J'suis partie trop vite, je filais pas.

— Mais t'as fait quoi, tout ce temps-là ?

— Je me suis couchée dans mon char en attendant que ça passe.

— T'aurais pu appeler ton père.

— Pour faire quoi ?

— Y t'aurait ramenée, t'aurais pu venir te coucher dans ton lit, pis retourner chercher ton char demain.

— Mais non, j'suis correcte. J'aime mieux avoir mon char avec moi.

— Rappelle au moins ton copain.

— C'est pas mon copain, y étudie à l'autre bout du monde !

— C'est pas loin, Saint-Hyacinthe… Ton père pis moi, dans le temps…

— Aaah ! Pas tes histoires de mille neuf cent tranquille, tout était lent pis loin dans ton temps. »

Elle a ravalé ses vieilles histoires en soupirant, encore plus déçue que moi.

« Y est-tu arrivé quèque chose, là-bas ? J'ai l'impression…

— Mais non.

— T'étais tellement contente, me semble…

— Maman, c'est juste une mauvaise journée. Je filais pas, c'est tout.

— Pis là, tu files mieux ?

— Oui, ç'a fini par passer.

— Tu voulais pas y retourner, au moins pour voir Romain ?

— Non, je me sens quand même pas *top*. J'aime mieux me reposer. »

Évidemment, elle ne m'a pas crue.

« En tout cas… Y a laissé un numéro pour que tu puisses le rejoindre. Faut que je dise à ton père que t'es rentrée. Y doit être mort d'inquiétude. On a pensé au pire. Toutes les horreurs qui me sont venues en tête, mon Dieu… Mais t'es là, c'est ça qui compte.

— Maman, excuse-moi… »

Je l'ai prise dans mes bras pour nous consoler.

« C'est correct, mon bébé. Attention à mon dos, cocotte… »

Ma mère gardait désormais ses mains plantées en permanence sur sa chute de reins, comme pour s'empêcher de tomber. Le ramancheur n'arrivait plus à la soulager, le mal sourdait de l'intérieur. Chaque soubresaut d'inquiétude que je lui infligeais lui broyait un peu plus les os. Je finirais par la tuer. Pendant que la cellule de crise se désamorçait doucement dans le quartier, je me suis enfermée dans ma chambre pour téléphoner. À Sonia, je pourrais tout conter.

« Pourquoi tu chuchotes ?

— Je veux pas que ma mère entende.

— Pourquoi t'es pas restée ? Tu capotes sur ce gars-là ! C'est quoi, ton osti de problème ?

— Tu les as pas vues !

— Qui ça ?

— Les filles !

— Quelles filles ? Quoi, les filles ?

— C'est dur à expliquer.

— Sors-moi pas ta maudite théorie des mains, m'as t'envoyer à l'asile. »

Plus tard, dans la colonne instable de livres adossée à la table du téléphone, j'ai retrouvé *Love Story*. Le verbe baveux de Jenny me ferait du bien. Pendant un petit 2,5 heures. Le chiffre « 3 » d'abord inscrit avait été biffé et revu à la baisse par ma mère. J'ai commencé à sourire au premier « Preppie ». Deux heures vingt-deux minutes plus tard, je braillais comme une Madeleine pendant que Jenny mourait. À ma mère venue voir ce qui n'allait pas, j'ai seulement montré la couverture du livre. Quand je l'ai vue baisser les yeux, résignée, j'ai su qu'elle avait tout compris. Le casse-tête se mettait en place, le roman lui en livrait les derniers morceaux. Je me suis sentie coupable, infiniment minable ; pour elle, j'étais si grande, si magnifique.

■

Romain a rappelé plusieurs fois pour prendre des nouvelles, s'assurer que j'allais bien. Le mensonge me rendait fuyante, je louvoyais maladroitement entre ses mailles, empêtrée dans une histoire ridicule qui s'enlisait. Ça devait s'entendre dans mes brusques changements de conversation. Je n'ai pas su nous en sortir.

On ne s'est pas revus avant son départ pour son stage dans Charlevoix. Sonia avait raison : j'aurais mérité l'asile.

14

Le beau temps avait paradoxalement rempli le gymnase. Le crieur allait faire descendre sur les têtes coiffées les numéros chanceux de la sainte friteuse T-fal qui permettrait à une famille de culs bénis de faire frire des patates, des pogos et des *onions rings* maison en toute quiétude. Sortie de sa boîte pour se faire plus aguichante, la machine étalait ses vertus dans un gros livre d'instructions et de recettes simples que tout le monde pouvait consulter sur place. On y apprenait, entre autres choses, que les enfants redemanderaient du brocoli et du panais s'ils avaient d'abord frétillé quelques minutes dans l'huile. Tout un monde de possibles s'ouvrait par les entrailles graisseuses de la friteuse en *stainless steel* que la compagnie n'avait pas inconsidérément nommée T-fal *Revolution.*

Ce jour-là, ma rangée avait accueilli quelques transfuges: la moitié des lots avaient été remportés dans ma section la semaine précédente, ce qui laissait croire que j'avais le karma chanceux. On me voulait proche, au cas où ce serait contagieux. Avec quelques notions de base en statistiques, on en aurait plutôt déduit qu'il fallait me fuir. Mais ces déménagements, même temporaires, apparaissaient aux yeux des fidèles comme des trahisons capables de bouleverser les desseins divins, d'une justice déjà si discutable. C'est donc sous les murmures accusateurs d'un petit groupe de mégères que Lucie, l'assistante pharmacienne du Uniprix – « commis » sonnait trop épicerie pour elle –, s'est installée de mon côté avec ses breloques et ses veaux d'or en position E-7. Je l'aimais bien, Lucie. C'est grâce à elle que les suppositoires en lesquels ma mère croyait avec ferveur avaient été remplacés par des casse-grippes en capsules. Elle m'a tout de suite commandé un Coke Diète en cannette « ben frette » pour accéder au titre de cliente officielle avant même le début du jeu ; pour attirer la chance, vaut mieux être en règle.

Hélène est venue vers moi, tout sourire, même si je lui avais volé deux clientes.

« Désolée, Joe.

— C'est pas des tipeuses, désolée pour toi. Pis celle avec la veste bleue, les grosses lunettes…

— Ouin ?

— À pue. À sent les oignons.

— Ah, ok. Pis, Cinthia ? Des nouvelles ?

— Oui, ça va. Mais je pourrai pas rentrer cet été.

— Pourquoi ?

— Tout le monde veut des shifts, l'été.

— Les temps-plein prennent pas de vacances ?

— Ça fait pas assez de shifts. C'est pas grave, j'suis pas pressée. As-tu vu la nouvelle machine ?

— Non.

— Crème glacée.

— Molle ou dure ?

— As-tu déjà vu une machine à crème glacée dure ?

— Non.

— On va se faire chier, tchecke ben ça.»

Comme Hélène l'avait pressenti, la molle est devenue notre cauchemar. Il fallait courir dans les escaliers et servir dans le désordre pour ne pas laisser fondre les cornets. Comme les supports de carton promis par le fournisseur n'étaient pas encore arrivés, il fallait s'en bricoler maison avec des fonds de vieilles boîtes. Comme de la merde de goéland, des sploush de crème glacée fondue parsemaient les allées, les marches, le panneau de commandes de l'ascenseur. Les livraisons réussies n'ont pas été nombreuses.

La rangée 2 a remporté le premier lot: trousse de produits Avon. Il ne s'est pas trouvé grand-monde pour s'en attrister. Je déposais un café trois crèmes trois sucres devant la dame aux oignons quand le deuxième lot, en argent cette fois, a été raflé par madame Liette de ma section, en F-4. Les murmures ont moussé aux quatre coins de la salle. Mais comme la pauvre femme venait d'être larguée par son mari – parti avec la commis de chez Sears qui lui avait vendu une belle laveuse Maytag pour la fête des Mères –, on lui concédait le droit d'avoir, cette fois, un peu de chance. Quand ma cliente B-9 est allée chercher le beau cinquante piasses rouge du troisième lot, la gronde s'est amplifiée et les regards ont convergé vers moi. À une autre époque, on n'aurait pas hésité à me foutre sur un bûcher et à l'alimenter avec les cartes malchanceuses. La moitié des pas-contentes aurait volontiers traversé de mon côté si ça n'avait été du gréement et des cartes déjà abondamment pinouchées qu'il fallait déplacer. Lucie m'a fait venir en roulant son index. Je venais de lui servir une frite sauce extra sauce. Une soupe de frites.

« Manque de sauce ?

— Laisse-les faire, les chialeuses. Écoute-les pas, c'est juste des maudites jalouses. Tu la mérites, ta chance. Faut ben que ça balance à quèque part. Tu devrais t'asseoir pis prendre une carte.

— Je la mérite ?

— Ben oui… »

Il y avait une touche de bienveillance dans son sourire triste, une forme de complicité qui n'allumait rien chez moi. Il me restait une crème glacée à livrer, elle tenait dans un verre lesté de petits pois.

« Je comprends pas.

— Ben oui, ma chouette… rapport à ta mère.

— Quoi, ma mère ?

— Je l'ai pas dit à personne. »

Elle susurrait entre ses dents nappées de sauce brune.

« Qu'est-ce que vous avez pas dit à personne ?

— Ben voyons, ta mère…

— QUOI, MA MÈRE ?

— Chuuut… je le sais, moi, que ta mère est malade… »

Je n'ai même pas cherché à déposer ou à retenir le plateau, je l'ai laissé choir. Tout ce qui s'y trouvait a fait un plongeon de quatre pieds. Les petits pois qui avaient échappé aux liquides se sont mis à rouler, comme des perles de collier. J'ai couru vers l'EXIT lumineux le plus près. Vers ma mère. Ma mère malade.

« Laurie ! Qu'est-ce que tu fais ? Laurie ? Qu'est-ce qu'y a ? »

La voix d'Hélène me pourchassait. Je ne me suis pas arrêtée.

J'ai poussé à fond Petit Cheval, monté les escaliers par bonds de trois marches et couru jusqu'au salon, où ma mère somnolait, emmitouflée dans le jeté trop doux pour ne pas être aussi une couverture. Son livre était tombé entre le divan et la table basse, les pages tordues. Mon père regardait la télévision. Il a jeté un œil à sa montre, vu ma face de déterrée et mon tablier de serveuse.

« Bon, je m'en allais justement au dépanneur. »

Ma mère s'est doucement redressée. Elle n'a pas cherché à sauver les meubles. Je ne pouvais pas la fixer en pleurant désespérément pour autre chose que ce qu'elle avait tenté de me cacher.

« Mon bébé…

— T'es malade comment ?

— Très malade, cocotte.

— Malade de quoi ?

— Des poumons.

— Cancer ?

— Hum hum.

— Mais t'as jamais fumé !

— Ça marche pas de même.

— Y vont te soigner, y a des traitements…

— On pourra pas.

— Tu vas mourir ? »

Elle a fermé les yeux, baissé la tête.

« Quand ?

— Avec des traitements… dans quelques mois. C'est fulgurant, qu'y ont dit.

— Tu me l'aurais dit quand ?

— Je voulais que tu vives normalement. Le plus longtemps possible.

— Normalement ? Mais maman, tu meurs…

— Je voulais pas qu'on pense juste à ça pis qu'on parle juste de ça, que tu changes tes projets d'appartement…

— J'avais le droit de savoir.

— Pleure pas comme ça, mon amour…

— Mais c'est pas juste…

— Non, c'est pas juste, j'suis ben d'accord. Je t'ai eue tard pis je pars de bonne heure. Le Bon Dieu va nous avoir rogné ça des deux bords. C'est ben chiche de sa part.

— Tu crois, astheure ?

— J'ai trop besoin d'haïr quelqu'un… Pleure pas comme ça, mon bébé… »

J'aurais voulu faire ça pour elle, mais je n'ai pas pu. J'ai pleuré toute la soirée, toute la nuit et pendant toutes les semaines qui ont suivi, étouffée par la douleur qui parvenait sans cesse, au détour de chaque pensée, idée, souvenir, remords, regret, à se trouver une nouvelle voie d'entrée pour m'atteindre plus profondément. Dans les livres de ma mère, les larmes des affligés finissaient toujours par se tarir ; dans la vraie vie, elles se renouvelaient sans cesse.

■

Quelques jours plus tard, à demi-mot, mon père m'a demandé de le suivre. Je n'ai pas posé de questions.

« Tu peux emmener la tannante. »

Je n'avais pas mis les pieds dans une cour à scrap depuis des années. Les montagnes de ferraille et de bébelles de toutes sortes qui m'avaient tant émerveillée à une autre époque m'inspiraient désormais une forme de sentiment mou qui oscillait entre l'indifférence et la répugnance. Les empilades de pneus sur lesquelles j'avais mené de prodigieuses ascensions n'étaient plus que des gros amas d'anneaux de caoutchouc sales et puants. Mais pour Cindy, j'en ferais des volcans magiques.

La portion nature du champ de carcasses avait passablement diminué depuis ma dernière visite. Les fleurs sauvages que je cueillais jadis sur les flancs de la cabane de l'entrée avaient cédé le pas à des abris Tempo remplis de babioles pour lesquelles je doutais que quelqu'un dépense même un vingt-cinq cents. Du ventre des voitures échouées là, on avait extrait des casquettes, des cassettes, des poussettes présentées en tas pêle-mêle sous des toiles percées qui battaient au vent. Dans des boîtes de carton défoncées, des vêtements mouillés compostaient leurs fibres synthétiques dans un mélange de sueur et de suie. À en juger par le tapis de mousse qui en grignotait déjà les coins, c'est par là qu'adviendrait le retour des fleurs, s'il était encore possible.

Au milieu de son bataclan de rouille, Phil tenait toujours le fort. Il ne changeait pas, il séchait, comme ces pommes qu'on place au four pour en faire des marionnettes de vieillards. Ses paumes de mains étaient, fait unique à ma connaissance, plus foncées que les dos.

« Les petites veulent faire un tour de machine. Ton tracteur serait-ti libre, mon Phil ? »

La véritable attraction des cours à scrap était ce droit qu'avait mon père, acquis par fidélité, d'utiliser la machinerie disponible pour le repérage et l'extraction des pièces. Dans toutes les cours de la région, des chars condamnés avaient été remis en fonction à coups de greffes plus ou moins permanentes pour permettre de se déplacer et de transporter les pièces trop lourdes. On les utilisait comme des paniers d'épicerie.

« Non, Nico est parti chercher un différentiel avec. Prends la Micra, les clés sont dedans. À toussote, mais à roule. Joue avec le *choke.* »

Une fois dans la section funéraire, tout au fond de la cour, mon père m'a laissée prendre le volant pour que je puisse faire conduire Cindy.

« C'est même pas un vrai char.

— Ben oui, arrête de chialer.

— Y a pas de portes.

— C'est ben moins long pour rentrer pis sortir de même !

— Je veux conduire toute seule.

— Sur mes genoux.

— NON ! TU SEULE !

— Arrête de crier. T'es trop petite, tes pieds toucheront pas. »

Je l'ai laissée essayer pour m'épargner un peu de salive. Même avec la langue sortie, le corps contorsionné et les pieds en pointe, elle n'atteignait aucune des pédales.

« Je tuche pas.

— Pas tuche, touche. D'ailleurs, comment t'écris ça, le son "ou" ?

— Arcule le banc.

— Le bras est pété, y bouge pus. Écoute, j'ai quèque chose à te proposer.

— Ça va être poche.

— Je m'occupe des pédales, mais…

— Mais quoi ?

— … tu peux changer les vitesses toute seule. »

Elle a ouvert les yeux très grand. Des petites îles brun moyen flottaient au milieu des globes blancs.

« Avec la boule ?

— Oui, avec la boule pis le bras. »

Comme mon père l'avait souvent fait avec moi, je lui ai fait visualiser le schéma en arbre des vitesses avant de lui faire pratiquer les transitions les yeux fermés ; c'est toujours le décalage de la troisième vitesse qui cause problème. Après une inspiration très solennelle, elle a tourné la clé – un peu trop longtemps, le moteur a beuglé – et s'est agrippée au volant spongieux, à dix heures dix. En avant toute.

« Regarde pas le capot du char, regarde loin en avant, sinon tu vas aller tout croche.

— Mais faut que j'argarde où que je passe !

— Ben non, tu fais des zigzags dans ce temps-là. Si tu regardes loin, tu vas aller droit. »

Nous sommes entrées dans le petit boisé au fond du champ et je l'ai laissée rouler sur les buissons, dans les tournants, pour lui faire peur. Ses bras étaient trop courts pour se croiser, elle les faisait glisser centimètre par centimètre, par saccades rapides. Les os pointus de ses mini fesses me labouraient les cuisses. Elle couinait d'excitation quand j'accélérais. Pour une des rares fois depuis que nous nous connaissions, elle est tombée d'accord avec moi sans rechigner : c'était vraiment mieux qu'à Disney, ça ne valait même pas la peine qu'on se déplace pour la comparaison.

Plus tard, pendant que Cindy jouait à empiler des roches dans une poussette pour mieux aplatir les vers de terre qu'elle plaçait dans le sillage des roues, je me suis assise à côté de mon père sur le bord de la boîte ouverte d'un Ford Ranger dans laquelle poussaient librement, comme quand les hommes ne s'en mêlent pas, des touffes disparates de foin et de pissenlits.

« T'avais prévu partir en appartement, fait que pars. »

Il ne savait pas mieux emballer les mots que les cadeaux. Ses crochets de mains s'agrippaient au métal. Chaque mot le torturait.

« La mère de Sonia a lâché son gnochon de chum, ça presse pus.

— Change pas tes plans. Ça ferait de la peine à ta mère.

— Si je partais, tu mangerais juste des beurrées à 'moutarde. »

Une ride lui a pincé le coin de l'œil. J'ai mis ma main sur son bras, comme quand je voulais faire des tourbillons avec son poil quand j'étais petite. Cindy a envoyé valser sa poussette dans le fossé et s'est dirigée vers nous, en essuyant ses mains sur elle, recto verso. Quand elle a vu que je pleurais, elle s'est mise à marcher sur la pointe des pieds, pour n'être là qu'à moitié, en joignant ses mains en prière. Elle cherchait confusément à se faire pardonner quelque chose sans trop savoir quoi.

« T'es choquée, Lau ?

— Ben non, tite tannante. »

Elle s'est jetée dans mes jambes et m'a escaladée en s'accrochant à mes vêtements. Une fois à ma hauteur, elle a plongé son petit nez froid dans mon cou.

« Y bougent encore…

— Mais non, c'est pas à cause des vers de terre. »

Elle avait posé ses petites mains crottées sur mes joues. Mes larmes coulaient entre ses doigts, sautaient les jointures et se creusaient des ornières boueuses qui filaient jusqu'à ses poignets. Elle les essuyait sur son t-shirt rose. Rose zébré de brun.

« Les poussettes sontaient déjà toutes scrapées, Lau...

— "Étaient", pas "sontaient". »

Si je me remettais sur son dos, c'est que j'allais mieux. Elle m'a montré ses dents neuves qui se foutaient les unes des autres et semblaient vouloir se fixer à angles irréguliers, dans une disharmonie qu'aucune broche ne viendrait redresser.

« Mais c'est pas gentil de les écraser comme ça, les vers de terre. Y t'ont rien fait.

— Y mourent même pas ! »

Les vers de terre ont plusieurs cœurs, nous en avions disséqués en biologie. Et ils n'ont pas de poumons, ils respirent de partout, par la peau, ce qui peut être avantageux.

Au retour, quand Cindy s'est endormie, j'ai posé ma tête sur l'épaule de mon père. C'était la première fois de ma vie que je le voyais pleurer. La douleur se dessinait en sillons creux sur son front. Nous venions d'entrer dans une nouvelle dimension, aux territoires émaillés d'absences abyssales, dans ce monde d'après où nous allions devoir apprendre à vivre et à nous aimer sans elle.

15

Ron avait fermé le garage pour l'avant-midi. Il n'avait laissé qu'un gars à la caisse pour le paiement de l'essence. Le démantèlement de la cabane se ferait cérémonieusement, par des gars vêtus de chiennes propres. Paradoxalement, l'installation de la barrière électronique que nous avions tant redoutée s'était transformée en hommage : en apprenant son départ, l'administration de l'hôpital avait devancé l'automatisation du péage, ce que nous avions interprété, à tout seigneur tout honneur, comme un aveu du caractère irremplaçable de ma mère. Quand on s'apprête à crever des poumons après avoir passé quinze ans à respirer l'air vicié d'un stationnement, on a le droit d'aider les mots à former des tournures flatteuses.

Avant l'arrivée des gars, j'avais transféré dans mon auto les plantes araignées, les violettes africaines, les affiches du Club Med précautionneusement roulées, la jarre de bonbons, les bibelots, les chaufferettes, ma photo de finissante encadrée, le pot de chambre, les livres. Mon père était passé plus tôt dévisser le strapontin et le tabouret. Il ne restait plus rien, qu'une série de planches de bois mort dans lesquelles subsistait peut-être l'écho des secrets que nous y avions partagés, un peu du sel de mes larmes d'enfant évaporées, des molécules de peau, de vêtements, de lunchs, d'ennui. Ma mère était restée à la maison, elle avait trop besoin que l'image de sa cabane demeure intacte.

« Sinon à va se défaire dans ma tête aussi. »

Les premiers clous avaient déjà été retirés quand Pichette est arrivé avec du café et des beignes pour tout le monde. Bob en a profité pour sortir une flasque pleine de caribou, rutilante comme un char neuf.

« Coudonc, j'ai-tu manqué les prières ?

— Quelles prières ?

— Osti, Pichette, décroche.

Ron travaillait la cigarette au bec, un œil fermé pour lutter contre la fumée blanche.

— Tu m'as dit qu'on faisait des funérailles de cabane.

— C'était juste une façon de parler.

— OK ! On câlice la cabane à terre pis c'est toute ? »

Les funérailles du père de Sonia l'avaient plongé dans une petite crise mystique. Projetée dans le prisme magnifiant des belles paroles du curé, la vie avait pris pour lui un sens nouveau – il espérait que le résumé qu'on ferait de la sienne comblerait les failles et en sablerait les saillies épineuses – et la mort avait cessé d'être une simple panne mécanique permanente. Il rêvait presque de mourir pour s'entendre couvrir de louanges.

« Guy, tu pourrais dire de quoi, un p'tit quèque chose.

— À qui ?

— À tout le monde qu'y a icitte. »

Le stationnement était gratuit, ce jour-là. La barrière de la guérite pointait le ciel de son bras accusateur sans empêcher qui que ce soit d'aller et venir. On n'avait jamais vu autant de gens heureux aux abords de l'hôpital. Les gens étiraient leur visite, marchaient lentement pour rejoindre leur voiture, prenaient le temps de fumer une cigarette avant de repartir. Stéphane, le guichetier à l'œil de vitre, était passé faire ses salutations. Il avait gaiement sauté dans la boîte à beignes. Ron a coupé court au malaise qui s'installait.

« Pour une cabane, la règle, c'est une minute de silence. Chacun dit de quoi dans sa tête. Go. »

Vingt-deux secondes plus tard, Bob s'était remis à siffler en maniant son pied-de-biche. Une fois l'isolant envoyé au conteneur et les planches cordées dans le coffre du pick-up de Jingle, qui ferait des réparations avec les moins maganées et un bon feu avec le reste, il n'est plus resté que le talon de la cabane imbibé de tout ce que les reclus y avaient laissé avec les années. Dans quelques millénaires, dans l'inévitable distorsion que subissent les faits avec le passage du temps, on croirait peut-être à une assise moyenâgeuse où on aurait emmuré des âmes pour acheter la protection divine. La bonté des dieux comme les places de stationnement se sont toujours monnayées, l'homme ne se réinvente pas beaucoup.

■

À la vitesse à laquelle ma mère rapetissait, elle disparaîtrait bien avant de mourir. Une force maléfique lui suçait les chairs de l'intérieur. Elle n'émergeait désormais de ses siestes chimiques que pour replonger dans ses livres et s'y perdre, en se déplaçant d'une pièce à l'autre pour suivre le soleil. Elle avait désormais toujours froid.

« Maman, on pourrait aller dans le Maine.

— Pourquoi ?

— Pour aller voir la mer, se baigner, manger des *crabcake.*

— C'est loin, ma cocotte.

— Ben non, on en aurait pour six heures de route, une journée si on y va mollo avec des pauses. On pourrait conduire chacun notre tour, papa pis moi.

— Ton père ?

— On en a parlé, y aimerait ça.

— Ton père au soleil ?

— On le mettra en dessous d'un parasol avec une glacière de bières frettes.

— Ah… ma belle Laulau, mon amour… »

Ses yeux se sont remplis de larmes qui ne coulaient pas, de vagues en suspension. Elle m'a donné une de ses mains couvertes de taches brunes avec lesquelles Cindy ne ferait bientôt plus de dessins farfelus en les reliant comme des points.

« Vous êtes ben fins, ton père pis toi, mais j'aime mieux pas.

— On va super bien t'installer, on va amener plein de médicaments, tout ce qu'y faut…

— J'suis pas inquiète, ma belle cocotte, avec vous deux…

— Mais pourquoi d'abord ?

— Ça pourra jamais être aussi beau que je l'imagine. J'ai pus le temps d'être déçue. »

Je pouvais comprendre. Tant qu'elle ne ferait que les rêver, Old Orchard et les Cyclades grecques pouvaient se ressembler. Ses rêves formaient un édifice autoportant qui se passait sans problème de la réalité. Je crois que c'est à partir de ce moment-là que j'ai enfin compris que les histoires d'amour qu'elle affectionnait tant n'avaient absolument rien à voir avec ce que mon père était, ou n'était pas.

■

Il a bientôt fallu expliquer ce qui se passait à Cindy, qui voyait bien que plus personne ne faisait de « pardu », de petites crêpes ou de pouding chômeur. Les fruits ne se renouvelaient pas avec la même constance. Je l'ai emmenée marcher sur le bord de la rivière Saint-Charles avec un suçon pour lui faire avaler la pilule. Elle m'a regardée longuement une fois la situation exposée, en mots les plus simples possible, pendant que les morceaux s'emboîtaient. J'aurais dû me douter que tous les ressorts de mon imagination, même bien entraînée, ne pouvaient me préparer à sa réaction.

« Est-ce que je vais pouvoir brosser tes dents, à toi ?

— Mes dents ?

— Quand tu les enlèves.

— Ben non, j'ai pas de dentier, j'ai encore mes vraies dents, moi.

— Ah ! plate !

— Ben non, c'est mieux ! Les dents de Suzanne étaient pourries, y a fallu qu'à les fasse arracher pour mettre un dentier.

— Pourquoi y étaient pourrites ?

— "Pourries", pas "pourrites".

— T'es faticaaanteee…

— Parce que Suzie allait jamais chez le dentiste quand 'était petite, ses dents étaient pleines de caries qui ont grossi avec le temps.

— C'est quoi, le dentiste ? »

Une fois à l'appartement, elle s'était ruée sur ma mère pour lui demander où ça faisait mal et savoir où elle s'en irait, après. Je n'avais rien trouvé de mieux que le cliché du départ pour un long voyage afin de lui expliquer qu'elle ne pourrait bientôt plus voir Suzanne, plus jamais. Pendant que ma mère se dépêtrait avec la disparition prochaine de son corps, je me suis dirigée vers l'armoire de cuisine où se trouvait la boîte à biscuits en métal qui contenait toutes ses recettes. Je pourrais peut-être en sauver quelques-unes en apprenant, pendant qu'il en était encore temps, tous les petits trucs jamais écrits et qui seuls en assurent la réussite.

■

Hélène s'est pointée chez nous avec une petite boîte de babioles porte-chance que certaines de mes clientes du bingo tenaient à me donner ; la nouvelle de la maladie de ma mère avait sauté d'une oreille à l'autre comme des poux bioniques le soir de mon départ précipité. En entendant son nom, ma mère s'est levée pour venir l'accueillir. Elle voulait voir la frotteuse officielle de lavabos en personne.

« Ben oui, je me souviens de toi, Hélène, la petite camelot. T'étais toute petite dans le temps, mon Dieu…

— Mais je passe pus le journal depuis longtemps.

— Lau m'a dit que t'avais trois sœurs ?

— Ben oui, une grande deux petites.

— T'es chanceuse.

— Bof, pas tout le temps. »

Ma mère m'a jeté un petit coup d'œil rapide, sourire en coin. Les grands cernes bleu sombre sous ses yeux leur donnaient une profondeur macabre, comme s'ils s'enfonçaient dans sa tête. Hélène a légèrement baissé le menton.

« Montre-moi donc ce que t'apportes.

— C'est juste des bébelles, mais y paraît que ça porte chance. Je sais pas si ça marche pour vrai.

— Ça peut pas faire de tort.

— C'est sûr. »

Il y avait trois pattes de lapin, une de lièvre, un mini fer à cheval, une vache en porcelaine, une étoile recouverte de brillants qui décollaient, une mitaine de bébé, un bout de rameau tressé et une médaille de Marie, censée accomplir des miracles.

« Tu remercieras tout le monde de ma part, un gros merci. Tu leur diras que ça me touche beaucoup, pis que je vais les garder avec moi. Je vous laisse, les filles, m'as aller me reposer un tit peu… »

Elle avait tout donné pour ces quelques minutes de présence. Sur le pas de la porte, Hélène s'est retournée et m'a serrée dans ses bras maigrichons. Je ne m'y attendais pas, un sanglot brûlant est remonté jusqu'à ma gorge.

« J'espère vraiment qu'à va pas mourir, ta mère. »

Sa belle naïveté m'a émue. Je lui ai fait le plus vrai des mensonges que j'avais proférés jusque-là.

« J'espère moi aussi.

— Tu vas-tu revenir au bingo ?

— Oui, ça devrait, si vous m'avez pas remplacée.

— On splite ta section en attendant.

— Vous devez être dans le jus ?

— Pas trop. C'est tranquille de ce temps-là. Pis on sert pus de molle, c'est trop chiant. »

■

En constatant que les forces de ma mère déclinaient rapidement, Louise a insisté pour venir à la maison faire sa teinture. C'est un service qu'elle offrait aux grosses familles – avec six têtes à couper comme chez les Laberge, ça valait le déplacement – et à ses plus vieilles clientes qui ne voyaient souvent qu'elle pendant tout un mois. Je lui faisais faire la trotte de l'aller et du retour en Petit Cheval, même pour quelques coins de rue, histoire de lui rendre un peu de ce luxe qu'elle nous offrait. Je comprenais mieux ma mère à présent : la mort était un éléphant dans la pièce, elle éclipsait tout.

« J'ai vu ma mère sur son lit de mort, soixante livres mouillée, pis à demandait encore qu'on y mette du rouge à lèvres. La fierté, ça meurt pas, ma belle.

— T'es fine de venir chez nous, ça y fait vraiment du bien.

— Je ferai ta repousse en même temps la prochaine fois.

— Je sais pas, je pensais revenir à ma couleur.

— Pour vrai ? Fini, le blond ? Le beau blond ?

— Ça flashe trop.

— T'as l'âge de flasher, ma belle.

— J'suis pas dans le *mood* de flasher. »

Elle a posé sa main sur mon avant-bras. Les produits chimiques et l'innombrable quantité de shampoings donnés depuis quarante ans en avaient dissout la peau. Le mince filigrane qui restait découvrait l'arborescence des veines bleues qui couraient en dessous. J'ai pensé aux mains squelettiques apposées comme avertissements sur les gallons d'eau de Javel.

« Ma pauvre enfant...

— Mais non, j'suis correcte.

— T'as le droit de pas filer. »

Nous vivions, mon père et moi, dans une forme de désespoir latent, un château fort assiégé défendu par des enceintes de livres. Nous pouvions encore tenir. Les hordes ennemies piaffaient au loin en attendant le signal de l'assaut. Par moments, quand on n'y prêtait pas trop attention, nous les entendions à peine.

« J'aimerais ça que tu fasses quèque chose pour ta mère.

— Quoi ?

— À me parle beaucoup, depuis le temps qu'on se connaît.

— Je sais.

— La seule chose qui compte pour elle, c'est ton bonheur.

— Pis que j'aille à l'université.

— C'est la même affaire, c'est une des voies du bonheur.

— Je sais.

— Si tu décides de pas y aller, à va pas te renier.

— À pourra pas, à va être morte. »

Dans le silence de l'auto, la clameur s'est mise à enfler, jusqu'à devenir assourdissante ; les mots crus excitaient toujours la bête. Je me suis cramponnée à mon volant pour ne pas fendre en deux. Si je n'avais pas abandonné des cours pour me rendre plus disponible pour le restaurant, j'aurais déjà eu un diplôme à brandir pour la sainte paix de ma mère. Au lieu de ça, je regardais les jours tomber comme des couperets et je suppliais tous les dieux inventés par l'homme pour qu'ils lâchent ma mère et se rabattent sur l'un de ces nombreux centenaires désespérés de ne pas parvenir à mourir, convaincus d'avoir été oubliés. Il me semblait juste et bon qu'une petite madame sans histoire, bonne comme une sainte, terrée sans se plaindre dans un quatre et demie, tout en bas de la côte, puisse passer sous les radars.

« Là, dans le moment, y a quèque chose qui la fatigue.

— Quoi ?

— Le gars que t'as pas rappelé.

— À t'a raconté ça ?

— Ben oui, ça reste entre nous autres.

— C'est tellement un mauvais *timing*.

— C'est ça qui fait de la peine à ta mère. Si c'était pas qu'est en train de mourir, tu l'aurais rappelé. À s'en veut à mort.

— Comment veux-tu que j'y dise ça ? Salut ! Oh ! *By the way*, ma mère est en train de crever… »

Elle a serré mon bras plus fort. Les larmes, encore, inépuisables. Je ne cherchais plus à les cacher. Elle a soupiré. Je lui ai déballé le reste.

« Pis c'est pas juste ça.

— Quoi d'autre ?

— C'est compliqué.

— J'ai du temps.

— Je peux pas.

— Tu peux pas me le raconter ?

— Non, je peux pas… être avec un gars de même.

— Y a d'jà une femme ? Des enfants ?

— Ben non, y a vingt et un ans.

— Y sort de prison ?

— Pft ! Ben non…

— Tu ris, mais ça m'est déjà arrivé. Un beau fringant, chose, t'aurais jamais cru ça en le voyant, tout fin, tout doux… Si tu y avais vu le *body*, doux Jésus… Équipé pour veiller tard, ben tard, mais toujours après se mettre dans le trouble…

— C'est juste un étudiant ordinaire.

— Pis y étudie quoi, ton ordinaire ?

— Les animaux.

— Oh ! Un zoologue !

— Vétérinaire.

— C'est ça je voulais dire. Pis y vient d'où, ce petit gars-là ?

— Pas d'ici.

— Ah ah ! Je vois…

— De quoi, « je vois » ?

— Regarde-moé ben icitte, ma belle.

— Hum.

— Tu sais très bien de quoi je parle. »

Elle me fixait le fond de la tête par les yeux. Elle venait de comprendre, elle aussi. De l'incomparable adoration de ma mère, je n'avais pas su tirer la force de m'aimer avant tout, par-devers tous. Il fallait avoir un gène défaillant pour réussir à transformer en mépris une telle charge d'amour.

« Mais y est trop tard, astheure…

— Y est juste trop tard quand on est mort, ma belle. »

■

En fin de soirée, le lendemain, je me suis stationnée à quelques mètres de la maison de Romain. À l'exception des appliques murales qui éclairaient faiblement les entrées du rez-de-chaussée et du sous-sol, tout était noir. Mary Poppins dormait. Peut-être avec Jean-Paul. Pas de GTI dans l'entrée, évidemment, il était encore dans Charlevoix. J'ai fermé les yeux et mis ma main sur son cou. *Doux, doux doux, doux doux, doux doux doux doux, doux doux, doux doux…*

16

Ma mère savait mourir. Ce n'est pas donné à tout le monde. Ses années dans la cabane l'avaient bien préparée.

Malgré tout, ses fuites souffraient de plus en plus des entraves dont il fallait lester son corps pour le tenir hors de portée des fulgurances de la douleur. Nous avions d'ailleurs rapidement convenu que des ajustements de prescriptions s'imposaient : on ne pouvait se battre contre un mal qui se fortifiait d'heure en heure, poussé par des armées de cellules maléfiques aux pouvoirs exponentiels, avec des doses fixées d'avance, à l'encre indélébile, sur des ordonnances. Le bruit des livres qui s'éclatent la tranche au sol était devenu coutumier. Les éditions bon marché se déglinguaient dès les premières chutes. Avec du large ruban adhésif transparent de chez Postes Canada, d'une robustesse légendaire, je leur bricolais des armatures résistantes, un peu plus vernies. La bibliothèque ne s'en plaignait pas.

Le jour où *L'amour au temps du choléra* a fait un grand boum, j'ai abandonné la tasse de beurre semi-dur que je réservais pour la croustade aux pommes – « Faut pas que le beurre soit trop mou, sinon le gruau va le boire, ça deviendra pas croustillant… » – et je suis allée ramasser le livre échoué sur le plancher, sous la main vaincue de ma mère. On a encore devancé la dose d'antidouleurs, réinstallé les oreillers, ajusté tous les appuis ; on se faisait croire qu'il existait encore des positions confortables. Je me suis installée à côté d'elle, sur la malle de marin aux cantonnières rouillées qui avait appartenu à son père, mort bien avant ma naissance. Une fois la paix revenue sur ses traits, j'ai ouvert le livre à la dernière page cornée. On repartirait de là. Le début de l'histoire, je le lirais pendant ses siestes. Grâce aux temps minutieusement notés sur les pages de garde, auxquels j'appliquerais un coefficient multiplicateur pour tenir compte du ralentissement qu'impliquait la lecture à voix haute, je pourrais nous faire un horaire de voyages, à la façon de ma mère. Comme Mandela et tous les grands reclus de l'histoire, peut-être.

Nous avons basculé ensemble dans les Caraïbes, ce jour-là, dans cette bulle étrange que ma voix déployait pour nous deux, comme un grand tapis volant, et nous y sommes restées longtemps, pendant treize heures et trois quarts réparties sur cinq jours, le temps d'un amour qui dure cinquante-trois ans, sept mois, onze jours et onze nuits. Nous vivions dans le ventre d'une poupée russe où le temps se multipliait avec les chapitres qui s'enchaînaient. Dans le monde des vivants, il nous aurait fallu des mois pour cumuler autant d'heures passées ensemble. Cette vie en marge de la réalité nous offrait quelques années de plus. C'était notre coup de pied au cul de la Fulgurance.

Si elle avait chigné les deux premiers jours, Cindy avait fini par apprécier la litanie de ma voix qui l'assommait en quelques pages, comme le bruit sourd d'un moteur de ventilateur. Elle préférait encore ça aux séances de devoirs et leçons supervisées. Et les histoires se déroulaient dans des pays que nous avions déjà visités ou qu'il nous plaisait de construire sur le moment pour bien les voir. Des personnages autres que nous vivaient dedans, sans plus. Quand ma mère s'endormait avant elle, nous partions faire un tour de Petit Cheval, que j'abandonnais de plus en plus au cancer mécanique qui le rongeait. Pour lui, je ne connaissais aucun subterfuge qui n'impliquait pas d'argent. Et l'argent, je l'avais troqué pour du temps. Du temps avec elle.

Pour que mon père ne soit pas trop largué, nous avions conçu un plan dont il ne s'est probablement jamais douté : quand on le savait à portée de voix, disposé un peu malgré lui à entendre ce que je lisais – il y avait pour lui toujours trop de monde dans nos romans compliqués –, je déposais discrètement le livre du moment et je prenais une petite plaquette dont je poursuivais la lecture. J'ai commencé avec *Le vieil homme et la mer*. Chaque fois que son attention se portait vers ma voix, je reprenais l'histoire là où je l'avais laissée la dernière fois, sans qu'il se doute que je venais de changer de livre. Il devait croire qu'il n'avait manqué que de longues digressions inutiles, comme en sont bourrés les livres, selon lui. Au troisième jour en mer, alors que le vieux pêcheur est à bout de force et que l'une de ses mains n'est plus bonne à rien, trop profondément entaillée par la ligne qu'il faut garder tendue, mon père s'est attardé au salon, sans télé ni radio, presque sans bouger. Quand les requins ont eu raison des derniers morceaux de chair de l'espadon, il s'est levé en soupirant, avec le pas lourd du pêcheur qui vient de tout perdre. Je lui ai aussi fait le coup avec des nouvelles de Philip K. Dick, que je venais de découvrir dans mon cours de français au cégep, pour le désarçonner en secret. Ma mère s'amusait. Il s'est mis à regarder les titres des livres qu'on laissait traîner.

En les lisant à haute voix, je goûtais les mots différemment. C'était une autre langue, plus acrobatique, plus exigeante. Elle m'emplissait, après quelques heures d'une tension physique concentrée dans ma bouche, d'un effet jubilatoire encore inconnu. L'été me laissait tout le loisir de me perdre avec ma mère, dans ces pages qui devenaient les arcanes fragiles de notre résistance contre la mort.

■

Le soir était frais et pluvieux. Les lampadaires de la rue Saint-Jean luttaient pour se tailler des halos jaunâtres dans l'embrun qui saturait l'air. La mise en plis que Louise m'avait faite pour me remonter le moral s'était avachie au premier coup de vent mouillé. En m'apercevant dans la vitrine de chez Pantoute, les bras ballants le long du corps, je me suis demandé ce que je faisais là, à faire semblant que j'arriverais à m'amuser. Avec un cerveau de rechange, c'eût peut-être été possible. Une vitrine décorée de parasols colorés et de seaux en plastique mettait en vedette les lectures d'été, « fraîches » et « légères ». Ma mère m'avait appris à lire à l'envers pour faire contrepoids au temps ; on se tapait les tord-boyaux l'été, les salades en hiver.

Le pichet de kamikaze que nous avions descendu au Sainte-Angèle, Sonia et moi, ne nous avait laissé, comme seul effet notable, qu'une haleine chargée de limette chimique. On envisageait un peu mollement d'aller danser quelque part sur Grande-Allée, siroter un frosty chez Wendy's en passant, si c'était encore ouvert. Même si je rêvais de sauter dans le premier bus croisé au carré d'Youville et de me laisser aspirer jusqu'en bas, je faisais un effort pour Sonia, qui me voulait tant de bien.

Nous en étions à peu près là dans nos projets quand Romain est sorti du D'Auteuil avec un petit groupe d'amis enveloppés de fumée bleue et de notes jazzées.

« So ! *Shit !* C'est Romain !

— Où ça où ça ?

— Là, le gars avec le polo blanc qui tient la porte.

— Ton Romain ?

— Si on bouge pas, y nous verra pas.

— On dirait qu'y est *cute* d'ici. Tu m'avais dit "ordinaire". Y a une fille qui y tient le bras. Je vais aller y péter la gueule.

— Tu restes ici. »

Elle a traversé la rue à toutes jambes, sans se retourner. Je n'ai même pas eu le temps de crier ou de la retenir. La scène s'est déroulée en petits gestes silencieux. Romain a d'abord paru surpris, ce qui se lisait à ses sourcils crochetés, puis il a tendu la main en découvrant ses belles dents. Un sourire franc, deux fossettes. Ses épaules se sont légèrement voûtées pour s'abaisser de quelques pouces, comme il le faisait, j'imagine, pour parler à un enfant. L'index de Sonia a pointé vers moi, suivi des yeux de Romain. Décrochetage de sourcils. Moi, pétrifiée en arrière-fond, de l'autre côté de la rue, statue de sel dans un décor parsemé de corps chauds en mouvement, j'écoutais le rythme de mon sang paniqué sur mes tempes. Sonia est revenue en sautillant comme une gamine.

« Y est encore plus *cute* quand y parle ! Je savais qu'y fallait sortir à soir ! »

L'autre fille, belle ou pas belle, dur à dire, trop loin, a tiré le bras de Romain. Ce ne pouvait être la méduse, elle ne faisait pas suffisamment rebondir la lumière. *Non*, qu'il a dit avec la tête. Elle a posé ses mains sur ses hanches, avancé le front. Encore un index, celui de Romain, dirigé vers moi. Elle a tourné les talons pour rattraper les autres en laissant tomber sa main, comme si on venait de couper le fil qui la retenait.

« C'est pas sa blonde.

— Tu y as demandé ?

— Non, mais ça se sent.

— Bon bon, JoJo Savard…

— Y a comme une face de roux, c'est tellement chou…

— Chut ! Y s'en vient.

— Oh ! Faut que j'aille pisser. Je m'en vais au McDo. Je repasse tantôt. Ou pas.

— Attends-moi !

— NON ! Je veux aller pisser tusseule. »

Elle s'est mise à courir dans le sens opposé au moment où Romain posait le pied sur mon trottoir. La scène avait quelque chose de puéril. Pour ajouter un peu d'humour, le crachin que les courants d'air charriaient depuis le début de la soirée s'était transformé en pluie. Des perles d'eau tombaient sur ses cheveux, léchaient le sel de son front, s'agglutinaient sur le barrage de ses sourcils et sautaient dans le vide. Les plus pressées se lançaient depuis les ailes du nez. Ses taches de rousseur paraissaient plus foncées, plus définies. Plus belles. À mesure que nous avancions l'un vers l'autre, la brèche entre nous s'est resserrée et les gens n'ont plus eu d'autres choix que de nous contourner en mouvements fluides.

« Salut.

— Salut.

— J'ai fait fuir ton amie ?

— Non, grosse envie.

— Ah. Encore des poux ? »

J'avais complètement oublié mes cheveux.

« C'est à cause de la pluie, le blond a coulé.

— C'est *rough*, la pollution.

— Hum hum.

— Ça te va bien, la pluie. »

Sa bouche s'est ouverte avec la dernière syllabe, sa langue est restée collée au palais. Ça me semblait à présent complètement fou de ne pas y avoir goûté.

« J'ai l'air d'une moppe.

— T'as l'air d'une fille qui joue dans un film de tornades.

— Euh… merci.

— Plaisir.

— Tu fais quoi, en ville ?

— J'ai une pause de trois jours.

— Ça se passe bien, ton stage ?

— C'est pas facile, les gros animaux.

— T'as dit ça des petits.

— Les petits sont moins salissants, mais les propriétaires sont plus chiants.

— Vise les moyens.

— Je pensais aux empaillés.

— Faut aimer la poussière.

— C'est jamais parfait. Toi, ça va ?

— En général ou juste maintenant ?

— Euh... en général ? »

J'ai esquissé un petit hochement de tête mi-figue mi-raisin pour ne pas mentir.

« Non ? OK. Est-ce que ç'a un lien avec le fait que tu m'as pas rappelé ?

— En partie.

— OK. Pis juste maintenant, ça va comment ?

— Mieux que tantôt. »

Au loin, ses amis n'étaient plus que de minuscules bonhommes allumettes aux lignes embrouillées.

« Tes amis sont déjà loin.

— Mon Dieu ! Bye ! »

Il a fait un départ à la *Roadrunner*, coudes et genoux démesurément pliés, et couru jusqu'au coin de la rue. Des grands splashs d'eau sale quittaient ses semelles et lui fouettaient le dos. Il est revenu à la même vitesse, l'index dans les airs, la bouche ouverte, offerte sans résistance à l'eau qui s'y glissait de tous les côtés.

« Je me demandais... est-ce que t'es occupée, là, maintenant ?

— Non, pas trop. Mais tu vas perdre tes amis.

— Bah ! J'en ai d'autres.

— Faut que je te dise quèque chose. »

Son doigt s'est remis en rang, avec les autres. Il est devenu sérieux.

« Je... c'est difficile à expliquer... c'est pas vrai que je filais pas au party. Je t'ai *bullshité* n'importe quoi...

j'ai pas été capable, y avait la vieille vigne, ça fait un peu château, de la vieille vigne de même… pis les filles, surtout les filles… les vêtements, les dents… les miennes sont un peu croches, mes canines ont pas de place… les bagues aussi, les mains, j'aime les mains, je regarde toujours les mains… Sonia m'assassinerait si à m'entendait dire ça… je sais que c'est bizarre… je m'imaginais que je tiendrais pas bien ma coupe, que je saurais pus comment faire… ça arrive en chimie, avec les robinets, y en a qui sont pas capables d'ouvrir l'eau, même si c'est des robinets ordinaires, juste parce qu'y sont dans un laboratoire… mais ça marche comme dans une cuisine, c'est le cerveau qui bloque… j'avais juste à prendre une bière, c'est plus facile à tenir, y a pas de manière spéciale de tenir une bière, mais c'est moins chic… en partant, c'est brun, une bouteille de bière… fait que j'ai pas eu le *guts* d'avancer, pis la fille venait de me dire « Attends ! T'es la fille du garage ? »… je me sentais ridicule, fait que j'ai viré de bord, pis après je me sentais trop conne d'avoir inventé que j'étais malade, je trouvais pas comment te dire que j'avais inventé ça juste pour me défiler sans passer pour une folle… surtout que je voulais tellement te voir ce soir-là… pis en même temps, j'arrêtais pas de me demander, en fait… parce que c'est vrai, dans le fond… je me demandais pourquoi… je me demande en fait encore pourquoi tu sors pas avec une de ces filles-là ?

— Wow ! Je pense que tu viens de boire pas loin d'un litre d'eau…

— Pfff…

— T'as raison, au fond, pourquoi ?

— Hum hum.

— Parce que la moitié de ces filles-là sont déjà en couple avec mes propres amis…

— Ah…

— … pis que les autres sont pas drôles. »

Au coin de ses yeux qui riaient, on voyait déjà l'écheveau de rides qui s'épanouiraient un jour.

« L'affaire, c'est que je t'ai rencontrée dans un garage. Si je t'avais rencontrée à l'épicerie, j'aurais dit "la fille de l'épicerie", pis la "fille de la boulangerie", si je t'avais rencontrée là, la "fille de la quincaillerie"…

— C'est beau, je comprends le principe. »

Il a soulevé et reposé les épaules, la tête à 45 degrés, l'air désolé.

« Je peux te poser une question ?

— Hum hum.

— Est-ce que… est-ce que t'aimerais ça, avoir un chat ?

— Un chat ? Jean-Paul ?

— Non ! Ma mère s'en remettrait pas. Un autre.

— Combien de pattes ?

— Pour l'instant, quatre. Mais pas de queue.

— Pas de queue ?

— C'est pas grave. Y en a pas besoin, y est super *cute* sans. Les chats, c'est pas comme les humains à ce niveau-là…

— Encore une moissonneuse-machin ?

— Non, une porte de char.

— Pauvre petit !

— Y est assez gros, en fait.

— Y est guéri au complet ?

— Physiquement, oui. Psychologiquement, c'est autre chose.

— Y doit avoir peur des chars ?

— Non, non, c'est pas ça… En fait, y se prend pour un lézard, y pense que sa queue va repousser.

— Trouble de la personnalité.

— Exactement. Qu'est-ce que t'en penses ? C'est charmant, non ?

— Je vérifie chez nous avant, pis je te reviens.

— J'assure le suivi médical.

— C'est bon, ça.

— Y est à la ferme, je te le ramène la prochaine fois.

— C'est quoi, son nom ?

— Comme tu veux.

— Ça s'écrit tout d'un bout ? »

J'ai vu ses belles dents. Mes pointes de seins se sont dressées sous mon t-shirt devenu translucide. J'ai pris une pincée de tissu à la hauteur de mon ventre pour le décoller. Peine perdue, il s'est rabattu encore plus fermement.

« T'as froid ?

— Un peu, oui. »

De l'autre côté de la rue, Sonia est passée en courant, le pouce levé droit dans les airs, l'autre main sur la tête. Elle n'a même pas ralenti.

« C'est ton amie Sonia ?

— On dirait, oui.

— Elle a peut-être pas trouvé les toilettes.

— Pfff…

— Prendrais-tu un taxi avec moi ?

— Pour aller où ?

— À quèque part où y a une sécheuse.

— Dans une buanderie, genre ?

— On pourrait, mais le hic, c'est qu'on aura pas d'autre linge à se mettre sur le dos en attendant de faire sécher le mouillé.

— Bon point.

— C'est moins exotique que chez Lav-O-Mat, mais chez nous y a des robes de chambre.

— Pis du vin bleu. »

Entre nos visages, deux pouces et un huit. Il y a glissé une main pour la poser sur ma joue.

« Est-ce que c'est contre-indiqué d'embrasser avec des canines de même ?

— Statistiquement, non. »

« Papa ?

— Hum.

— Attendez-moi pas. Je rentrerai peut-être pas.

— T'es-tu correcte ?

— J'suis avec Romain.

— C'est qui, ça ?

— Le gars de la GTI.

— Oh ! Attends, ta mère me parle…

— À dort pas ?

— Ben non, à dort pas, tu la connais. Attends… OK, oui… À fait dire qu'à va mieux aujourd'hui. Reste tant que tu veux, qu'à dit, à va super bien. »

Entre nos mollets croisés en *wishbone*, dans la talle de soleil qui venait d'éclore, Jean-Paul s'est enroulé sur lui-même, comme un escargot poilu. Nos vêtements mouillés traînaient en boule odorante un peu plus loin.

17

« Je m'inquiétais un peu, vu qu'est pas venue depuis trois jours, fait que ton père est allé voir…

— Voir quoi ? »

Elle a attrapé son menton pour en calmer les tremblements. Dans des verres d'eau brouillée, sur la table du salon, des bébés plantes araignées essayaient de se faire des racines. Celles qui n'y arriveraient pas pourriraient en suspension.

« Y sont partis, chérie…

— Qui ça ? De quoi ?

— Cindy. Sont partis, cocotte.

— Comment ça, partis ? Partis comment ?

— Déménagés.

— Où ?

— On le sait pas.

— Ben voyons, le monde disparaît pas de même !

— L'appartement était plein de cochonneries empilées pêle-mêle. Pus de meubles. Pus personne.

— Quelqu'un les a sûrement vus partir ?

— Ton père dit que non.

— Y peuvent pas être allés ben loin, son père travaille au coin.

— Ton père est allé chez Sunoco…
— Pis?
— Y travaille pus là depuis deux semaines.
— Comment ça?
— Y pigeait dans 'caisse.
— Le gros tabarnak!
— C'est un homme démuni.
— Sont probablement juste dans 'paroisse d'à côté. Le propriétaire doit ben le savoir.
— Y se sont sauvés en pleine nuit. Y avaient pas payé le loyer depuis trois mois.
— *Fuck*! »

Je ne lui ai pas laissé le temps d'ajouter autre chose, j'ai claqué la porte et j'ai couru sans m'arrêter. Une voiture a freiné à quelques pouces de mes genoux et le conducteur m'a traitée de crisse de folle. L'odeur du caoutchouc brûlé s'est mêlée à la poussière de roche. Je me suis déchaînée sur son pare-chocs. Crisse de fou toi-même.

La porte n'était pas barrée. Un petit homme aux épaules voûtées pelletait les déchets amoncelés en une montagne vertigineuse au centre de la pièce, fouillis de vaisselle sale, de vêtements, de bouts de meubles cassés, de lambeaux de vie. L'odeur était insupportable. Il les mettait dans des sacs de construction en jute qui s'empilaient aux quatre coins de la pièce pour répartir le poids.

« Sont partis où?
— Je sais pas, mais si je l'apprends, m'as te les étriper un après l'autre, c'te maudite bande de cochons-là, des maudits salauds, y a ben rien qu'à voir…
— Y ont laissé toutes leurs affaires?

— T'as pas le temps de prendre grand-chose quand tu te sauves… j'sais pas comment y faisaient pour vivre dans une *dump* pareille… avec une enfant, en plus… bande de sauvages, maudite bande de sauvages… trois mois de loyer encore, j'étais pour les traîner à 'Régie, les enfants de chienne… pis encore, c'est rien, y m'ont bouché la toilette exprès… m'as te vendre ça, c'te bloc-là, c'est juste un maudit paquet de troubles, j'en ai plein le cul de les torcher, ces saints innocents-là… Ben non, les loyers sont pas gratis, comme si on payait pas, nous autres, maudit câlice… »

Juste à côté de la porte, l'un des souliers que Cindy volait souvent à sa mère faisait le mort, le talon pendouillant. J'ai fouillé les décombres pour trouver l'autre.

Et j'ai couru jusqu'à l'école. La cour était bondée d'enfants qui jouaient aux élastiques, au ballon chasseur, à rien. Dans un coin, des garçons se chamaillaient, pour rire ou pour faire mal; çà et là des petits groupes de filles complotaient dans le dos des garçons qu'elles aimaient, en croyant les détester; plus loin, les rejets, comme toujours, tapaient du pied les saillies d'asphalte, les mains agrippées dans les mailles de la clôture. Une femme s'est approchée de moi, inquiète du sourcil, la main refermée sur son cou.

« Je peux vous aider?

— Je cherche une petite fille qui s'appelle Cindy.

— Vous êtes qui?

— Une amie.

— T'es grande pour une amie.

— Une amie de la famille.

— Tu viens pour quoi?

— Juste pour la voir. J'aimerais ça, y parler.

— C'est quèque chose d'important ?

— Non, je veux juste la voir, jaser trente secondes !

— On essaie de protéger les enfants, madame, y en a des tordus qui passent par les petits pour leurs magouilles.

— Je sais.

— C'est Cindy qui ?

— Leclerc.

— Quelle année ?

— Deuxième.

— Je vais aller voir, je suis juste surveillante, je connais pas tous les noms. »

J'avais l'impression de voir Cindy partout, dans chacune des maigrichonnes qui passaient. Elle s'évanouissait dès que j'apercevais leur nez trop fin, leurs yeux trop grands, leur air soumis.

Tous ceux que la surveillante est allée consulter ont balayé la tête de gauche à droite. Personne ne savait. Je suis restée pour ne pas avoir l'air d'une sauvage et pour me ménager ses bonnes grâces, au cas où j'aurais à revenir. C'est une autre femme qui est venue me trouver, une femme décidée avec un sourire de sauveuse.

« Bonjour.

— Bonjour.

— C'est toi qui cherches Cindy Leclerc ?

— Oui.

— On l'a pas vue à l'école depuis une semaine.

— Vous êtes sa maîtresse ?

— Oui.

— Y sont déménagés.

— Ah oui ? Où ça ?

— Je le sais pas, c'est pour ça que je passais ici. C'était vide chez eux. Je la cherche.

— Pour l'instant, son dossier a pas été réclamé par une autre école.

— À va pas à l'école ?

— Dur de savoir, les suivis se font pas vite, des fois. Les dossiers mettent du temps à être transférés.

— Qu'est-ce qu'on peut faire ?

— Pas grand-chose.

— C'est pas obligatoire, l'école ?

— Oui, mais on a pas de monde pour courir après ceux qui s'en foutent. Si y sont déménagés, comme tu dis, je peux au moins la signaler, ce sera toujours ça. »

Elle m'a fait un sourire triste qui en disait long sur la coexistence des mondes utopiques et réels, sur les petites poquées minces comme des fils qui tombent entre les mailles d'un gros système.

« C'est quoi, ton nom ?

— Laurie.

— Moi, c'est Clara. »

Un nom chargé de petites fleurs délicates faites pour embaumer la campagne. Elle est repartie essayer de sauver les autres.

Je suis rentrée en passant par le garage.

« Mon père est pas revenu ?

— Non. Y fait le tour. Pichette pis Jingle sont partis du bord de Saint-Albert.

— OK, *cool.*

— Les gars du cibi se sont mis su'a *run* aussi. Pour une fois qu'y font autre chose que se pogner le cul, c't'ostie de bande de gros mous-là !

— Y la retrouveront pas...

— Ton père trouve toute. »

Ron s'est mis à tousser, les épaules rompues, les poumons au bord des lèvres. Le silencieux fendu d'un bord à l'autre, catalyseur inclus. Il devait avoir des abdos de fer.

« Tu devrais aller voir un médecin.

— Je fume deux paquets par jour.

— Pis ?

— Y va me dire d'arrêter.

— T'arrêteras.

— Je peux pas.

— Pourquoi ?

— Ça me donne envie de tuer du monde. »

Il a déposé la visseuse pneumatique sur le capot du char, attrapé un torchon sale qui n'essuierait rien. Le vacarme de tout ce qu'on ne se dirait pas retentissait dans le garage. Je crois qu'il m'aurait prise dans ses bras s'il avait su comment faire. Le carillon de la cantine est arrivé en roulant ses spirales flûtées.

« Enweille, je paye le café.

— J'ai pas le temps.

— Ben oui, t'as le temps. Y vont la retrouver, ta petite pouilleuse. Ça va pas loin, du monde de même. Ça se traîne d'un trou à l'autre. Pis Bob a mis cinq piasses que les gars la trouveraient avant quatre heures.

— As-tu encore ta colle de mongols ?

— Ça se recolle pas, un *muffler*.

— C'est pas pour mon *muffler*.

— Amène-lé, on va te bizouner de quoi, sinon les coches vont te beurrer.

— C'est juste pour coller ça. »

Je lui ai montré le soulier blessé.

Nous n'avons pas eu la force d'ouvrir un livre. L'attente nous accaparait tout entières. Je serais partie avec Petit Cheval, mais je ne pouvais pas laisser ma mère seule. Ça nous aurait aidées de croire en quelque chose, de se choisir un dieu bouche-trou pour l'occasion. Mais nous n'y arrivions pas, notre croyance chancelante s'effritait sous le poids de nos vœux. La possibilité du non-retour de Cindy nous fouettait avec la même violence à chaque boucle que complétait notre esprit. Et si elle ne revenait pas…

« T'avais raison, cocotte, on devrait l'adopter, finalement. Ce serait mieux. »

Ma mère s'est doucement tournée vers moi, en souriant. On y était.

« Ses parents ont pas besoin de le savoir.

— Elle non plus.

— C'est déjà comme ta sœur, de toute façon.

— C'est vrai, à prend mes affaires, à me tombe sur les nerfs…

— Ça va peut-être nous prendre un certificat.

— Je m'en occupe. J'ai encore le beau kit de plume fontaine que vous m'aviez donné à ma fête.

— On pourrait préparer de la bouette à guedilles pour fêter ça. Ça y ferait plaisir.

— Avec *full* mayo.

— Pis de la liqueur aux raisins. Mais on a pus de pailles, à l'aime tellement ça.

— Je vais aller en chercher, m'man. »

Les cérémonies ont leurs exigences, on n'allait pas faire les choses à moitié.

Bob a perdu son cinq piasses. Ils ne sont revenus qu'à l'heure du souper. Ma mère somnolait quand le fer forgé de l'escalier s'est mis à résonner. Une petite main crasseuse s'est écrasée sur la fenêtre de la porte, un bout de toupet est apparu. Derrière elle, mon père et Pichette suivaient, casquette en mains, comme à l'église. Mes jambes molles ont réussi à me soulever. Ma mère s'est redressée. J'ai réussi à contenir les trémolos de ma voix.

« Salut, tite tannante ! »

On a essayé de faire comme si nous ne sortions pas des sables mouvants.

« Salut, grosse lette ! »

Elle a couru vers moi et planté son petit nez froid dans mon cou pour prendre une grande inspiration. J'ai fermé les yeux, reniflé sa petite tête de poussière. Ma mère a fait glisser le squelette de sa main dans ses cheveux, comme un peigne de chair.

« Ça pousse ben vite, ces cheveux-là !

— Même pas.

— T'as-tu un nouveau chez-vous, coudonc ?

— Ouin, pis j'haïs ça, c'est lette.

— Ça doit pas être si pire que ça...

— Ça pue.

— Ça pue quoi ?

— Ça sent le cul.

— Cindy, c'est pas des beaux mots, ça.

— C'est ma mére qui dit ça !

— As-tu faim ?

— Oui.

— Voudrais-tu une petite guedille ?

— Ouiii !!! »

Pichette était fier de son coup, c'est lui qui l'avait trouvée, en train de chercher des sous dans une cabine téléphonique. Ils avaient eu la bonne idée de faire la tournée des dépanneurs, le passage obligé des âmes assoiffées. Comme je tenais à lui montrer ma reconnaissance sans lui donner de faux espoirs, je lui ai tendu une guedille fourrée à ras bord.

« Cindy, regarde ce que j'ai pour toi.

— Quoi ?

— Là, à terre…

— Mes souillers ! C'est mes souillers ! Sontaient toutes pétés ! »

Cadeau d'adoption. On a trinqué au Crush au raisin bu avec des pailles pliantes rayées rouge et blanc.

En coupant à pied par le parc Cartier-Brébeuf, comme mon père me l'avait conseillé, je l'ai ramenée chez elle en dix minutes, à quelques pas de l'escalier qui la menait dans le demi-sous-sol qu'ils occupaient à présent. De dehors, c'était complètement déprimant, gris, sale, laid. Un vrai trou à rats. Il ne manquait que la track pour que le portrait soit complet.

« Tu vas te souvenir du chemin ?

— Néo.

— Pour vrai ? T'as pas regardé par où on est passées ?

— J'aime mieux que tu viens me charcher…

— Chercher. Que tu viennes me chercher.

— Aaaah ! T'es faticaaante…

— OK, on se rejoindra dans le parc, le temps que t'apprennes le chemin.

— Quand ?

— Après l'école, mettons ? Tu vas encore à l'école ?

— J'suis t'obligée ! Sinon la police va venir… »

Elle marchait sur son pantalon trop long qui se défaisait en filaments boueux. J'avais réussi à la convaincre de laisser les talons hauts à la maison pour ne pas qu'on les lui brise. En l'absence de hanches pour retenir le vêtement, la naissance de son petit rebondi de fesses s'offrait au regard. Faudrait que je lui trouve une ceinture. Ce petit être encore mal dégrossi au solage brinquebalant était ce que nous avions trouvé de mieux pour que l'amour débordant de ma mère ne soit pas gaspillé. Et en lui taillant une place dans notre histoire, nous nous étions solidement ferré le cœur. Irréversiblement. Je prendrais le relais pour nous deux, j'avais de bonnes réserves.

■

Petit Cheval est mort quelques jours plus tard, le cœur explosé dans la Côte d'Abraham. Tant qu'à crever, aussi bien le faire joliment, sur une route ancestrale chargée d'histoire et de fantômes. Ça fait de meilleures histoires pour les vieux jours.

J'avais parfaitement ignoré le *check engine* allumé depuis deux semaines sur le tableau de bord. Espérant que ce soit une babiole qui pouvait attendre, un mauvais signal électrique. Mais en l'absence d'huile, ce que mon père m'avait appris avant que je connaisse l'alphabet, un moteur devient hautement irritable et entre dans une rage furibonde qui vire rapidement en mutinerie. Ce qui reste de l'épave à la fin est difficile à remettre sur les rails. J'ai donné Petit Cheval à Pichette quand il est venu nous cueillir en remorqueuse. Dans ses temps libres, il arriverait peut-être à lui donner assez d'amour pour qu'il puisse rouler à nouveau. Personne d'autre que lui ne l'aimerait autant.

Ma mère a su toute l'histoire avant même que j'arrive à la maison – les gros mous du cibi sont omniscients. En voulant me ranger un peu trop rapidement, j'avais frappé un muret de béton. Les os de ma hanche et de ma clavicule avaient encaissé le fouet de la ceinture, comme prévu par les Sud-Coréens. Même si on lui avait répété que je ne m'étais pas blessée, elle n'a desserré les dents qu'en me voyant debout devant elle, articulée de partout. Son visage s'est décrispé, son corps s'est remis à mourir. Tout ce qu'elle a trouvé à dire tenait en quatre mots.

« Les ostis de char… »

Notre dernier grand fou rire.

■

Nous n'avions pas encore mis le pied dans le mois des morts quand l'aggravation des complications nous a contraints à transférer ma mère à l'hôpital. Cette fois, nous ne le savions que trop, il n'y aurait pas de retour possible. Emballée comme un nouveau-né dans les couvertures de chalet, elle a laissé ses yeux glisser une dernière fois sur le décor de sa vie physique flouté par un voile de larmes résignées. Il n'y aurait plus de veillées sur le perron, de bonjours lancés d'un mouvement de tête aux voisins, d'enfants criant dans la ruelle, de cailloux frappés du bout du pied, de coups de vent chargés de sucs odorants, plus jamais de vrai ciel au-dessus de sa tête. Les constellations seraient désormais faites de tubes et de fils tendus sur un plafond vérolé de cernes d'humidité. Elle saurait comment faire pour se replier dans des ailleurs plus doux, ça ne l'effrayait pas. Mais quand même, le bruit des choses vivantes…

18

Le temps est devenu une pâte informe qui rendait caducs tous les mécanismes qui avaient présidé jadis à l'organisation de nos vies. Nous vivions dans un tableau de montres molles, dévalions les rapides les mains attachées dans le dos, puisant notre air entre deux vagues, ne sachant ce qui, de la noyade ou du grand fracas, allait nous emporter.

Je demeurais près de ma mère tant qu'on m'autorisait à rester. À voix basse, tout près de son oreille, même quand la morphine la faisait planer au-dessus de son corps fondu qui n'enfonçait même plus le matelas, je soufflais les mots de ses romans préférés. Elle pouvait entendre, disaient les médecins. C'était leur façon d'adoucir ma peine, de me soigner un peu. À l'étage des condamnés, les patients arrivent avec des fleurs ou en reçoivent, tout le monde meurt un peu. Assommé par la douleur, mon père se laissait tomber dans le vieux fauteuil coincé dans l'angle du mur, les mains embouvetées dans les bras de bois usé qui avaient supporté tant de morts.

« J'ai amené *Les oiseaux*.

— Oh ! Mon Dieu… un bon 15 heures. Plus, même, quand on lit fort…

— On a le temps.

— L'école ?

— J'y vais, maman, y me reste juste les deux que j'ai lâchés à l'hiver, après c'est fini.

— Tu vas finir, promis ?

— Promis.

— Je verrai pas ton diplôme…

— Pas besoin, c'est juste une feuille plus épaisse.

— Quand même…

— Je vais l'avoir, maman, lui pis d'autres après.

— Je sais, mon bébé, je sais, t'es tellement travaillante…

— Comme toi.

— Bof, j'suis moins vaillante de ce temps-là.

— Pfff… »

À ses yeux noyés de bonheur, je devinais qu'elle se jouait une cérémonie des toges infiniment touchante, à cent lieues de la réalité, comme le reste.

« Je pourrais aussi te lire juste les meilleurs bouts, si t'aimes mieux.

— C'est une idée…

— Ceux avec le père de Bricassart, par exemple…

— Bah…

— Quoi ? »

L'air et le lit semblaient former un étau qui se resserrait sur son corps de jour en jour. Les mots rampaient de ses poumons assiégés à sa gorge pour se faufiler entre ses lèvres.

« Un lâche…

— Le beau Ralph ?

— L'argent… l'Église… j'aime mieux les moutons… »

Nous n'avions jamais vraiment discuté des œuvres que nous lisions chacune de notre côté. Je l'avais regardée cent fois plonger dans ce roman sans me demander ce qu'elle lisait vraiment, ce qu'elle cherchait, quelle échappatoire elle y trouvait. J'ai eu le vertige tout à coup devant toutes les questions que je ne pourrais plus lui poser.

■

Sonia venait me ravitailler entre ses cours et ses shifts chez La Baie. Elle pliait maintenant des pyjamas, pinçait des grosses bobettes sur des cintres de plastique et dirigeait les gens dans les allées, les tailles, les meilleurs choix à faire. Elle me concoctait des petites histoires fantaisistes avec les hommes qui débarquaient avec des têtes d'ahuris dans les rayons de la lingerie à la recherche de *babydolls* sexy. Elle entretenait *an affair* avec James, l'Anglo de la section des électros. On faisait nos gars de chars en usant, pour en parler, des métaphores qu'offraient les boutons, les télécommandes et les *switchs* de toutes sortes. Le gars avait vraisemblablement plus de talent avec les machines.

« Tu fais peur tellement t'es maigre, Lau.

— T'as peur que je sois plus belle que toi en bikini.

— J'ai peur que tu tombes dans'prochaine bouche d'égout que tu vas croiser. Mange ça. »

Deux pogos archibronzés, moutarde baseball. Cette fille-là m'aimait d'amour.

« Pis tu sors pas assez, t'es verte comme les murs.

— Je sais. Mais ça peut arriver demain… tantôt…

— Je sais. »

Et personne ne comprenait mieux qu'elle. Son borné de père lui manquait beaucoup. Elle aurait tout donné pour pouvoir lui tenir la main jusqu'au bout, dans la chaloupe.

■

Une des bibliothécaires était venue à la maison pour nous remettre le tout premier exemplaire disponible au prêt de *Sur la route de Madison*. Elle avait su, pour ma mère, et ne voulait pas qu'elle perde son tour. La liste des réservations s'étirait sur deux pages, il serait peut-être trop tard si elle ne le prenait pas maintenant.

Intriguée par cette petite plaquette qui semait l'émoi dans le sillage des libraires aux États-Unis, je l'ai ouverte avec l'intention d'en lire quelques pages avant de m'endormir, pour me tracer mentalement les lignes brutes de ce comté de Madison qui, d'emblée, en passant de l'anglais au français, avait perdu ses ponts – *The Bridges of Madison County*. Quand j'ai vu Robert Kincaid débarquer dans la cuisine ordinaire de Francesca, mère dans la mi-quarantaine tout aussi ordinaire, avec ses cannettes de bière et sa tête de hippie, quand j'ai compris que l'amour se passerait cette fois du raffinement exotique dans lequel ma mère s'était habituée à se projeter, je me suis demandé si son cœur malmené par la maladie pourrait supporter de se voir dépeint dans une lumière aussi crue, sans les amortisseurs des artifices habituels.

« C'est une Italienne ?

— Oui, mais son mari l'a ramenée aux États après la guerre.

— Ah oui, ses cheveux sont noirs…

— Oui.

— Pis y dansent ?

— Dans 'cuisine, oui. Y écoutent la radio.

— Oh ! La radio…

— Y a une annonce qui commence quand y viennent pour danser, fait qu'y attendent la prochaine toune. Ça fait comme un malaise.

— Mmm…

— Mais sont juste tous les deux dans 'cuisine.

— …

— Je vais recommencer quand le photographe arrive au début, OK ?

— Ah oui… »

L'infirmière m'a jeté un regard tendre. Je reprenais la scène inlassablement depuis deux jours. La confusion s'était installée à demeure dans l'esprit de ma mère. Les steppes enneigées, les champs de coton et les plaines d'Irlande se superposaient dans un même coin de pays que traversaient des personnages sortis de ses propres mille et une nuits. Elle écoutait les yeux grand ouverts, comme si la scène se jouait au plafond.

« Kincaid y demande de venir avec lui.

— …

— Y veut qu'à le suive dans ses voyages.

— …

— Mais y a son mari, un gars plate mais ben correct, pis ses enfants.

— …

— Francesca l'aime comme elle a jamais aimé…

— … »

Ma mère n'a jamais su que Francesca n'est pas partie avec Kincaid, même après avoir passé avec lui les plus belles journées de sa vie. Mais peu importe. Ce bout-là de l'histoire, elle l'aurait écrit de la même façon, si on lui avait demandé de le faire. Et comme Francesca, elle nous aurait choisis, mon père et moi, si la chance de partir avec l'homme de sa vie s'était présentée. Cette fin douce-amère avait quelque chose de réconfortant : ma mère avait peut-être eu un amant secret de qui elle avait tiré la force de rester avec nous. Qu'elle ait choisi de rester physiquement ne voulait rien dire, ni de ses vies secrètes ni de son amour pour mon père, peut-être demeuré intact, d'ailleurs. La beauté de l'affaire résidait dans la multitude des scénarios possibles. Et ça me plaisait de penser qu'elle était morte en dansant dans une cuisine équipée d'une table en Formica jaune. La nôtre était blanc cassé, mais j'imagine qu'elle a pu arranger ça.

Sur la page de garde j'ai inscrit : 15 au 18 novembre 1993.

19

« Suzanne aurait été heureuse de vous voir réunis ici aujourd'hui… dans la maison du Seigneur, notre Seigneur… notre guide… pour l'accompagner et la saluer une dernière fois avant son dernier grand voyage… elle qui aimait la vie… qui a su tant se faire aimer des siens… elle, l'amoureuse des livres que le Seigneur est venu chercher pour un monde meilleur, elle qui est partie en faisant ce qu'elle aimait le plus dans la vie… Suzanne, en communion parfaite avec ses rêves, elle qui repose maintenant en paix…

Le curé avait un verre dans le nez. De la première rangée de bancs, on décelait parfaitement son pas titubant et ses mouvements saccadés. Pour débiter des phrases vidées de moelle à force d'être répétées, on peut se permettre de s'absenter un peu, ça nous semblait légitime. Pour nous, de toute façon, les vraies cérémonies s'étaient jouées ailleurs, dans l'intimité de notre appartement plein d'odeurs connues et d'images vraies. Celle-là appartenait aux autres, à tous ceux qui avaient besoin d'un intermédiaire et d'une formule officielle pour accepter la mort. J'ai collé mon épaule à celle de mon père et j'ai attrapé sa main noueuse. Romain me tenait le bras de l'autre côté, silencieux et solide. Je ne pourrais pas tomber. Derrière moi, dans mon ombre, Sonia se mouchait sans répit depuis le début de la cérémonie. Par prudence, nous avions tenu Cindy en dehors de tout ça, tant pour elle que pour ses parents. Je lui avais quand même acheté une robe neuve, par principe. Elle en avait déchiré le col avant la fin de la première heure, « sans faire t'exiprès ».

« … elle qui fut une femme aimante, une mère bienveillante que Dieu accueille aujourd'hui en son sein… entourée dans la vie comme dans la mort de ceux qui tiennent à lui signifier leur affection… »

Pichette s'était glissé dans la deuxième rangée, aux côtés des cousins du Lac, avec son air solennel et ses beaux habits. Il essayait désespérément de donner la réplique en même temps que le reste de la foule, s'agenouillait et se relevait une demi-seconde en retard, se prenait les pieds dans le prie-Dieu, resserrait son nœud de cravate compulsivement. À voir sa cage thoracique se gonfler quand l'orgue enchaînait, on l'aurait cru directement connecté aux tuyaux. Dommage pour lui, il arrivait trop tard, les églises venaient d'amorcer une mue qui promettait de les purger de leur attirail clinquant et de les restituer en mille espaces chargés de vie, désertés par la foi.

Les gars attendaient la communion dehors, sous la neige, armés de flasques de gros gin. De leur bouche damnée sortaient des nuages de fumée de cigarette, de vapeur d'hiver et de fines gouttelettes d'alcool en suspension. Comme personne n'avait envie de rire, on buvait dru. Le froid engourdissait le reste.

On ne leur avait pas encore dit de rappliquer pour la communion quand la chasuble du curé, qui tentait de contourner l'énorme crèche de bois campée dans la sacristie, s'est embrochée sur la fourche du berger que tout le monde avait cru décorative et donc inoffensive. Trop occupé à se garder les yeux dans le bon axe, le curé a continué sa route jusqu'à ce que la fourche se coince dans la rambarde de communion et le fasse plonger, tête première, dans les trois marches qui le menaient à la plèbe pécheresse. Son corps ramolli n'a pas cherché à résister, ses doigts-saucisses n'ont pas tenté d'amortir le choc, comme le veulent les réflexes naturels. Dans l'ellipse irrégulière suivie par le calice projeté dans les airs, les hosties ont formé une arche blanche avant de se disperser sur le sol mouillé. La tête du pauvre homme est venue cogner sans résistance sur le terrazzo. Les premiers qui se sont rués vers lui, après les grands *oh ! ah !* de consternation, ont mis les pieds dans la petite flaque de sang qui s'est rapidement répandue autour du point de contact.

« Touchez-le pas !

— Faut le virer de bord ! On peut pas le laisser de même !

— Y s'est peut-être cassé le cou, c'est mieux d'attendre l'ambulance.

— APPELEZ L'AMBULANCE !

— Y est pas mort ! Y gémit !

Le curé marmonnait des syllabes inintelligibles.

— EST-CE QUE VOUS NOUS ENTENDEZ, MONSIEUR LE CURÉ ?

— Arghacriezpasdemêmepfffchaintchimonaque… »

La connexion est revenue dans l'un de ses bras et il est parvenu à se soulever par lui-même et à se donner la poussée nécessaire pour se faire rouler sur le dos.

« Mon Dieu ! Y s'est pété la face… »

Le sang lui couvrait le visage, comme s'il suintait par ses pores.

« DE L'EAU ! DE L'EAU ! »

Un homme que je ne connaissais pas a saisi le foulard de sa femme – lui n'en portait pas –, est allé le tremper dans le bénitier avant de revenir le tordre au-dessus du visage du curé. Après le deuxième tordage, il est clairement apparu que c'est l'arcade sourcilière droite qui avait encaissé le coup. La chair refoulait dans la brèche en petits bourrelets pêche qui apparaissaient avec le passage de l'eau.

Pendant que le bedeau essayait de ramasser les hosties qui n'avaient pas encore bu la slush, les ambulancières emballaient le prêtre qui ne luttait plus contre l'ivresse ; il riait. Le balafré n'était pas de service, heureusement. Sa beauté se serait mal accordée au pathétisme de la scène.

Ceux qui s'inquiétaient de prêter le flanc au malheur en ne communiant pas durant une messe, funéraire, de surcroît, se sont littéralement garrochés dans les sandwichs servis au sous-sol : quelqu'un, très au fait du caractère naïf des foules, était parvenu à faire croire que les sandwichs, par ricochet, étant donné qu'ils se trouvaient dans le même bâtiment, avaient été bénis en même temps que les hosties. Ceux-là valaient donc bien celles-ci. Couleurs en prime. Les gars du *pit* en ont eu pour des semaines à retourner l'accident dans tous les sens – même s'ils en avaient manqué l'essentiel –, jusqu'à lui donner les traits d'une histoire captivante. Elle commençait par le vin de messe bu en cachette pendant que l'orgue s'égosillait les boyaux au début de la messe et s'achevait avec le spectaculaire fendage de crâne du curé dont la cervelle s'était retenue de peu d'aller barbouiller le sol. Pichette riait moins que les autres.

Les filles de la boulangerie étaient venues me présenter leurs sympathies, attifées comme des dames d'honneur, coiffées de pièces montées. Je ne sais pas ce qu'elles auraient fait de plus si je m'étais mariée, sinon troquer le noir pour le vert menthe. Lise sentait le pain chaud. J'ai pleuré comme une enfant quand elle m'a prise dans ses bras.

Estelle s'était également déplacée. Elle avait vieilli d'un coup, comme Dorian Gray devant son portrait. Ce qui restait de son corps, dont les restaurants avaient fini de sucer la jeunesse, personne n'en voulait plus. Ses journées étaient de longs combats contre l'ennui, qu'elle ne gagnait pas souvent. Elle n'aimait ni les clubs de vieux, ni le bingo, ni la lecture. « Je m'en sors très bien, fais-toi pas de bile pour moi, ma chouette. » Mais j'ai continué longtemps de m'en faire pour elle.

Le beau lys de la paix en fleurs installé à côté de l'urne avait été envoyé par Claude, de je ne sais où. J'ai fouillé la foule des yeux, sans le trouver, puis jeté un œil au ciel, là où se tiennent les omniscients. C'était la seule plante en pot. Je ne m'en suis jamais départie.

Puisque la loi de l'époque interdisait de répandre les cendres des morts où nous le souhaitions, j'ai fait ça discrètement. J'ai pris quelques cuillerées de ma mère, bien installée dans un mausolée de livres de notre invention, que j'ai placées dans un sac en papier brun. Une fois dans le stationnement de l'hôpital, debout sur le socle de béton qui servait d'assise à la barrière électronique, j'ai coupé l'un des coins pour en faire un sablier et j'ai mis ma main en dessous pour retenir un peu de ma mère en poudre qui filait. Quand je l'ai soufflée, une partie s'est envolée, une autre s'est mêlée aux flocons tombés quelques heures plus tôt et le reste s'est logé dans les rides de ma paume, en un arbre aux fines branches noires. Qu'elle repose ici et ailleurs n'avait aucune importance, c'était purement symbolique. De son vivant, elle ne s'était jamais astreinte aux lois physiques. La mort ne la retiendrait pas davantage.

20

« *Tchecke* ! *Tchecke* ça !

— Attends un peu, laisse-moi arriver. »

Elle m'attendait souvent à l'arrêt d'autobus en babounant. Il m'arrivait de rentrer tard de l'université, parfois pas du tout, alors elle m'en voulait à l'avance, au cas où. Elle s'enténébrait pour être moins déçue.

« C'est quoi, ça ?

— Ben *tchecke* comme y faut ! »

Une feuille avec des lignes, des mots barbouillés, des traces grisâtres de plomb frotté, un 7/10 souligné en rouge. Dans le coin gauche, son nom en lettres majuscules. Un nuage noirci remplaçait le point sur le « i ». Il n'y avait que les connes pour faire des cœurs au lieu des points, évidemment. J'avais été conne à son âge.

« Sept sur dix ? Qu'est-ce qui s'est passé ?

— Je sais pas.

— C'est parce que t'as étudié, binette. C'est ça, le truc ! Regarde ce que ça donne ! Wow !

— Je vas-tu pouvoir t'être une couéffeuse ?

— Coiffeuse. Si tu continues de même, c'est sûr. Tu vas pouvoir faire tout ce que tu veux. »

Chaque fois qu'elle avait une raison d'être fière, elle se mordait les doigts. Elle rêvait d'avoir un salon comme celui de Louise, avec des tablettes garnies de produits chimiques pour faire des couleurs spéciales et un pommeau de douche au bout d'un long boyau pour nettoyer les planchers, prendre une douche en plein milieu du salon, arroser les plantes et les voleurs. Et accessoirement, pour laver les cheveux.

« Fais pas ça, tes mains sont toutes crottées !

— Je veux une surprise.

— Faut pas le demander, c'est pas poli. Je te le dis tout le temps.

— Tu m'en donneras pas, sinon !

— Tu penses vraiment que je laisserais passer ça de même, un beau sept sur dix ?

— Néo.

— Bon, tu le sais en plus, faut pas demander. Viens, on rentre.

— Goglu est là. »

J'avais suggéré à Romain d'offrir quelque chose à manger à Cindy pour leur premier contact. La suite se devine. Elle l'aimait « moyen », comme elle disait, parce que moi, je l'aimais trop.

« Avec Guy ?

— Y fouillent en dessour du char.

— Faut qu'y changent des pièces. Suzie t'a pas suivie ?

— Y a pas le temps, y mange un oiseau. »

Quand il a fallu donner un nom au chat pas de queue, Cindy a proposé Suzie. Mon père était plus ou moins d'accord, ça lui semblait un peu tordu, surtout que le chat était un mâle. Pour lui, c'était Le Chat ; pour elle, Suzie ; pour nous deux, Commetuveux.

« Encore ? Quelle sorte ?
— Un mouéneau.
— Moineau.
— T'es faticante... »

De loin, depuis le coude de la ruelle, on aurait cru que deux cadavres grouillaient sous la voiture. Romain tenait à voir ce que bricolait mon père pour se faire un peu de médecine automobile, mon père en profitait pour se servir, en les guidant, de ses mains neuves. Les bouteilles de bière attendaient sagement sur le capot. Ils la boiraient tiède, encore, en se faisant croire qu'elle était fraîche. Romain nous jouerait peut-être un peu de guitare, peut-être même la chanson préférée de Cindy, pleine de *doux, doux doux, doux doux, doux doux doux doux, doux doux...*

Ron n'a pas passé l'hiver. À force de se cracher les poumons, il n'est plus rien resté, qu'un grand trou par où la mort s'est faufilée en douce, comme la lâche qu'elle est toujours. La cérémonie s'est déroulée au garage, avec les intimes. Pichette a fait un émouvant témoignage.

L'année suivante, Clint Eastwood et Meryl Streep allaient devenir, pour la planète entière, Francesca et Kincaid. Il n'avait rien du hippie ; elle, rien d'une Italienne. Quelle importance, au fond, la longueur et la couleur des cheveux, quand il s'agit d'aller au bout du monde en se donnant un élan depuis sa cuisine.

« Ça va être quoi, ma surprise ?
— As-tu le goût d'aller au Mexique ?
— Oui ! Pis un pina cola avec de la glace écrasée !
— OK.
— Avec un petit parapluie qui plie !

— T'es chanceuse, j'en ai ramené du restaurant en fin de semaine.

— J'haïs ça, ton nouveau restaurant.

— Tu dis toujours ça quand c'est nouveau, mais tu vas t'habituer.

— Pis je veux une cerise dans mon pina… s'i' te plaît.

— OK, écoute ben : je vais mettre du sucre tout le tour du verre, un parapluie en papier…

— À côté pour pas qu'y se mouille !

— … un parapluie qui plie à côté, pis… sept cerises au marasquin.

— SEPT ?

— Sept sur dix, sept cerises.

— Wow…

— Pis regarde, j'ai un nouveau livre pour toi.

— Ç'a l'air poche.

— Pourquoi tu dis ça ?

— Y est trop gros !

— Ben non, on va le lire ensemble de toute façon.

— Non, c'est juste toi qui lis.

— Chacune notre tour.

— Pis Goglu aussi.

— Pis Goglu. On ira le tirer par les pieds pour le sortir d'en dessous du char. »

Suivez-nous :

GARANT DES FORÊTS INTACTES

Achevé d'imprimer en octobre deux mille dix-huit
sur les presses de l'imprimerie Marquis-Gagné,
Louiseville, Québec

L'intérieur de ce livre a été imprimé
sur papier québécois 100 % recyclé